祭壇に捨てられた花嫁

アビー・グリーン 作
柚野木 菫 訳

ハーレクイン・ロマンス
東京・ロンドン・トロント・パリ・ニューヨーク・アムステルダム
ハンブルク・ストックホルム・ミラノ・シドニー・マドリッド・ワルシャワ
ブダペスト・リオデジャネイロ・ルクセンブルク・フリブール・ムンバイ

"I DO" FOR REVENGE

by Abby Green

Published by Harlequin Japan, a Division of K.K. HarperCollins Japan, 2024

アビー・グリーン

ロンドンに生まれ、幼少時にアイルランドに移住。10 代のころに祖母の愛読していたハーレクインのロマンス小説に夢中になり、宿題を早急に片づけて読書する時間を捻出していた。短編映画のアシスタント・ディレクターという職を得るが、多忙な毎日の中でもハーレクインの小説への熱はますます募り、ある日辞職して、小説を書きはじめた。

主要登場人物

フローラ・ガヴィア……………ウエイトレス。
ベンジー……………………………フローラの愛犬。
マリア………………………………女性支援センターの責任者。
ヴィットリオ・ヴィターレ……実業家。愛称ヴィト。
トマーゾ……………………………ヴィトのアシスタント。
ソフィア……………………………ヴィトのハウスキーパー。
ダミアーノ…………………………ヴィトのアパートメントのスタッフ。
マッシモ・ブラック………………ヴィトの取引相手。
キャリー・ブラック………………マッシモの妻。

1

ヴィットリオ・ヴィターレはアイルランド産の最高級品のウイスキーをなみなみとつぎ、午後の日差しを浴びるローマの街に向かってグラスを掲げた。ついに欲しかったものを手に入れたのだ。そう思うと、喉を通り過ぎた黄金色の飲み物が腹の中で光り輝くような気がした。

強烈で誇らしげな輝き。今日はまさに、ヴィットリオのこれまでの人生の集大成だった。

そのとき、デスクのブザーが鳴り、満足げな笑顔はたちまちしかめっ面に変わった。何があろうと邪魔をするなと指示していたからだ。

ヴィットリオはいらだちもあらわに通話ボタンを押した。「トマーゾ、言っただろう――」

「申し訳ありません。承知しております。わかっています。ただ……ええと……あなたの……ちょっと待って！　困ります……」

突然、オフィスのドアが開いて女性が姿を現し、ヴィトは目を見開いた。結婚式の正装をした女性が。ハイネックで長袖の白いドレスは見るからに凝った意匠で、レースが複雑に重ねられている。ボリュームのあるスカートはドア口を埋めつくしていた。

明らかに興奮していて、頬がピンクに染まっている。つややかなブロンドの髪は後ろでまとめられ、その頭頂部からはベールが垂れ下がっていた。そして片方の手には豪華なブーケ。遠目にも、彼女の指の関節が白くなっているのが見て取れた。

その女性の後ろからアシスタントが姿を現すと、ヴィトは彼を見て言った。「大丈夫だ、トマーゾ」

ヴィトはグラスを置いた。どうやら祝賀会は少しばかり延期しなければならないらしい。彼はあとで会う約束をした女性のことを思い浮かべた。イタリアで最も美しいモデルのことを。すらりとした長身で、シルクのような長い黒髪に、見事な肢体……。

だが今は、彼女のことはしばし頭から締め出し、二時間ほど前に結婚することになっていた女性の相手をしなければならないようだ。

ヴィトは時計をちらりと見てから、手を差し出した。「ミス・ガヴィア、入ってくれ」

怒りのあまり、フローラ・ガヴィアはほとんど前が見えなかった。今、ヴィットリオ・ヴィターレは時計を見たの？　私が来たことをさも迷惑そうに？　教会の前庭で一時間も待っていたのに、結局、彼は来なかった。

伯父の顔は怒りで斑《まだら》になっていた。側近が耳元で何かをささやいたあとはなおさら。伯父はフローラに向かって、すべておまえのせいだ、すべてが台なしだと叫んだ。そして、妻である伯母を引き連れて教会を立ち去る直前にこう言った。

〝この十四年間、おまえは重荷でしかなかった。今の私にとって、おまえは死んだも同然だ〟

その瞬間、フローラは無感覚になり、感情を押し殺した。そして、八歳のときに彼女を引き取ってくれた人たちの後ろ姿を呆然《ぼうぜん》と見送った。

ぞろぞろと教会から出てきた客たちはささやき合いながらフローラに一瞥《いちべつ》をくれて去っていった……。

今、彼女はヴィットリオ・ヴィターレと面と向かっていた。彼の男性的な美しさに目を奪われながら。長身で大柄、筋肉質の体はどこまでも力強く、経済界の巨人というより、アスリートのようだ。そして、言うまでもなくとてつもない大金持ちだった。

黒くつややかな髪は短めで、後ろに流している。鋭い鼻筋に堅固な顎。何よりも印象深いのが、みずみずしくセクシーな口だった。初めて彼を見たとき、フローラはその口元から目を離せなくなった。

あの口が私の体を隅々まで……。彼女はショックを受けた。なぜなら、性的に未熟なため、これまでそんな想像をしたことがなかったうえに、彼との結婚は恋愛とは無関係だったからだ。二人の結婚は完全にビジネス上の政略結婚だった。もっとも、結婚は土壇場で白紙となった。ヴィットリオがすっぽかしたせいで。

フローラは目をしばたたいた。怒りが再びこみ上げた。もともと彼女はめったに怒らない。たいていの人や物事を好意的にとらえ、いい結果が出ると信じている。だが、性善説に基づく人間観の持ち主である彼女から見ても、ヴィットリオ・ヴィターレが悪意を持っていたことは火を見るより明らかだった。

彼は罪の意識を感じているようにも、悔やんでいるようにも見えず、ほとんど退屈しているように見えた。黒っぽいズボンに白いシャツ。いちばん上のボタンは開け放たれ、袖はまくられていた。

フローラは彼に向かってブーケを振りかざした。花びらが床に散る。「あなたは結婚式にふさわしい身なりもしていない。最初から私と結婚するつもりはなかったのね？」

彼はデスクをまわってその端に腰をもたせかけると、足首を交差させ、両手をポケットに突っこんだ。これ以上ないほど無愛想に見える。

ヴィットリオが答えた。「そうだ。途中で気が変わったわけではない」

フローラは室内を見まわした。ヴィットリオのオフィスはローマの歴史の中核を成す土地に立つ近代的なビルの最上階にあり、まさに彼の地位や存在感や影響力の象徴そのものだった。床から天井まである二面の窓からは、古都のすばらしい景色が一望でき、遠くにコロッセオも見渡せた。

頭がくらくらし、フローラは震える息を吸いこんだ。再び彼を見つめたものの、今度は彼のゴージャスさに気を取られないよう努める。「なぜなの?」

ヴィットリオは顎を引き締めた。答えるつもりはないらしい。

「私には知る権利があると思うけれど?」

彼はポケットから手を出し、腕組みをした。「当然だ。伯父さんはなんと言っていた?」

伯父の容赦ない非難を思い出し、フローラは喉をごくりと鳴らした。「何も聞いていないわ」

ヴィットリオは顔をしかめた。「きみの伯父のビジネスが崩壊しつつあることは知っているのか、今こうしている間にも?」

フローラはどきっとした。伯父はこのところ、何かに取りつかれたような顔をしていた。伯母も不機嫌だった。彼女が部屋に入ると二人ともすぐに話をやめた。フローラが伯父の命令で便宜結婚に同意したという事実は早くも忘れ去られたようだった。

「いいえ。彼のビジネスには関与していないから」

「この結婚の取り決めを、きみは知っていたんだろう? その気になれば、半年後には逃げ道があるとわかっていたはずだ。失うものは何もない」

フローラが結婚に同意した理由はいろいろあるが、決め手となったのは、半年後には結婚を解消できるという条項だった。彼女は、両親と弟を同時に亡くすという悲劇に見舞われたあと、後見人となって住まいを与えてくれた伯父にずっと恩義を感じていた。けっして完璧ではないが、家族と一緒に、しかも世界でも指折りの美しい街に滞在できたからだ。

伯父はフローラを養護施設や寄宿学校に預けることもできたにもかかわらず。

でも、それだと、彼はあなたの信託財産を利用できなかったのよ。頭の隅で小さな声が指摘した。

伯父がそのお金を必要としていたことを、彼女は思い出した。伯父夫婦が世界中を旅している間、フローラの教育費と生活費、さらに彼女の面倒を見るスタッフの人件費を賄うために。

伯父の話では、フローラの面倒を見るためにかなりの出費を強いられたという。そしてこの結婚は、彼のビジネスを利すると同時に、フローラの将来を守るためでもあると力説した。たとえ伯父の身に何かあっても、彼女が路頭に迷うことがないようにと。

フローラは伯父には大きな借りがあると感じていた。しかし今日、その借りは返されるはずだった。

「ええ、あなたは半年の免責条項を要求した」

「計画どおりにいかなかった場合に備えての保険だ。きみの伯父さんはいやがったが、彼は受け入れざるをえなかった。ほかに選択肢がなかったから」

計画どおりにいかなかった場合？　フローラにはそれが何を意味するのかよくわからなかった。屈辱感がよみがえり、怒りが再燃した。「どうしてあんな残酷なまねができるの？　現れない花婿をひたすら待つ花嫁がどんな気持ちでいたか、わからない？　どんなに屈辱的だったか？」

ヴィトは目の前の女性を見た。その瞬間、彼の腹の中で何かがねじれた。良心の呵責《かしゃく》のせいだ。

結局、僕にも良心はあったのだ。

しかしそれ以上に、彼はもっと不穏な何かを感じた。彼はこの時点まで、求愛の芝居を演じるのは無意味だと感じ、フローラ・ガヴィアとはあまり関わってこなかった。彼女のほうも、彼が距離をおいていることに満足しているように見えた。いずれにせよ、婚約期間は短く、婚約発表から今日までわずか一カ月足らずだった。

そのため、ヴィトは彼女にあまり関心を払わなかった。彼女はいつも部屋の隅、あるいは集団の端にいて、たいていの女性とは違って彼の前にしゃしゃり出なかったことも、その一因だった。

フローラとの夕食にはいつも伯父と伯母が同席し、会話の主導権はもっぱら伯父が握っていた。ヴィトが彼女に抱いた印象は、物静かで少し地味だというものだった。ブロンドの髪に、似たよう金褐色の目。確かにかわいらしいが、目立たない。

しかし突然、ヴィトのオフィスで彼女は変身した。ウエディングドレスのせいかもしれない。あるいは化粧のせいか。髪を後ろでまとめてすっきりさせ、顔をあらわにしている。高い頬骨が印象深く、長いまつげに囲まれた目は彼の記憶にあるよりもずっと大きい。瞳は金色と茶色が入りまじった驚くべき色合いをしていた。

また、口も記憶にあるよりずっと豊かで、彼の目を引くのに充分だった。

どうして今まで見逃していたんだ？

ヴィトの視線はドレスの上をさまよい、彼女の胸が慌ただしい呼吸と共に上下に動くのを認めた。つんと上を向いて豊満な胸が。彼の視線は下へと移っていき、細いウエスト、続いて形のいいヒップをとらえた。フローラはこれまで、その典型的な女性らしい体をふわりとした服の下に隠していたのだ。

彼は知らず知らず二度見していた。

再びフローラはブーケを彼に向かって振りかざした。花びらが床に散らばる。「何か言うことはないの？」

ヴィトは視線を上げた。ベールがゆがんでいて、それに気づいたかのように、フローラはそれを頭から剥がし、投げ捨てた。シニヨンが緩んでいるのを見るなり、彼はそれをほどいて髪を肩の上に落としたいという不可解な衝動に駆られた。

フローラが髪を下ろしたところを見たことはないが、その姿を見たいという願望があったことに気づき、ヴィトはいらだちを覚えた。

「答えて、お願い」彼女はたたみかけた。

その切羽つまったような声に、ヴィトは凍りついた。フローラは泣きだすのだろうか？　そう思うと口の中が乾き、頭の中いっぱいに、悲しみに打ちひしがれた母の顔が広がった。母の痛みを癒やせなかったという悔いを伴って。

だが、よく見ると、フローラは泣きそうというより、困惑しているようだった。

「本当に知らなかったのか？」ヴィトはきき返した。彼女を信用していなかった。何か企《たくら》んでいて、伯父を窮地から救おうとしているに違いない。だが、しばらくは彼女の企みに乗ることにした。

フローラは両手を上げた。ブーケはもはやぼろぼろだった。「何を？」

ほんの少し前までヴィトが感じていた勝利感は、今もまだ残っていた。「今日、結婚式とほぼ同じ時刻に——」

「結婚式はなかったけれど？」彼女が口を挟んだ。

「ああ、そうだったな」ヴィトは渋い顔でうなずいてから続けた。「今日、きみの伯父の会社は経営破綻の瀬戸際にある。僕は彼の会社の株式の過半を所有し、支配権を確保した。彼は僕と取り引きをしていると思っていたが、実際は違う。僕の目的は彼をたたき潰すことだ」

フローラはますます困惑したようだった。彼女はまたもブーケを振りまわしながら、ベールを踏みつけて歩きだした。「だから、何？　単なる企業買収でしょう？　なのに、便宜結婚とか、結婚式を偽装するとか、そんなばかげたことが必要だったの？」

彼女は立ち止まり、彼をにらみつけた。

長年の怒りと悲しみがヴィトの腹の中で凝固していた。「なぜなら、単なる企業買収の話ではないからだ。これにはもっと深い意味がある」

フローラはブーケを掲げて宙を突き刺しながら尋

ねた。「それは何？」

にわかにヴィトは緊張した。「きみの伯父が、僕の父の事業を台なしにしたからだ。父は自殺し、それがきっかけとなって母も病に倒れて死んだ」

彼女の手からブーケが落ちた。そしてごくりと喉を鳴らし、声を震わせて言った。「なんてひどい。まったく知らなかった……」

フローラは打ちのめされたように見え、その演技力にヴィトはいらだった。彼は背筋を伸ばして彼女を凝視した。フローラはガヴィア家の一員であり、ヴィトは彼らを軽蔑していた。

「きみの伯父――ウンベルト・ガヴィアに初めて会ったとき、彼は僕のことを覚えてさえいなかった。名前もだ。僕は彼のビジネスと社会的地位を壊滅させることができたが、彼は一度たりとも〝ヴィターレ〟という名前に反応しなかった。その名前が彼にとって何か意味を持つとは考えもしなかったのだ。父のビジネスを内側から破壊したうえ、父が汚職の嫌疑をかけられ名声と地位を失う原因をつくったことを、ウンベルトは思い出すべきだった。彼自身、もう少しで刑務所行きになるところだったが、土壇場で当局におもねり、自分の罪は頬かむりして救世主役を演じた。彼がすべての黒幕なのに」

ヴィトは、自分と両親が友人や近隣の住人たちから一夜にして追放されたことには触れなかった。家を失ったこと、ヴィトの最初のガールフレンドが電話に出なくなったと思ったら、すぐに彼の親友と手をつないで現れたことも、あえて話さなかった。

彼はそのとき、頼れるのは自分だけだと学んだ。

ヴィトは不機嫌そうに続けた。「きみの一族の家名とビジネスは何世代にもわたって続いている。僕の父はビジネスで成功を収めたばかりの新参者なのに、ばかばかしいことに、きみの伯父は脅威と見なした。彼は父のビジネスを百回でも買収できる資金力がありながら、父のさらなる成功を阻止するべく罠《わな》を仕掛けた。その結果、父は恥辱に耐えられずに自ら死を選んだ」

フローラの目が大きく見開かれた。「あなたのお母さまも……」

この女性に自分の身の上をさらした自分に、ヴィトは腹が立った。フローラの目に浮かぶ同情の色も気に入らなかった。彼はこれまでの人生で同情を求めたことなど一度もなかった。

ヴィトはしわがれた声で言った。「母は病気になったが、僕たちには医療費を払う金がなかった。それで、公的な援助にすがったが、待機している間に亡くなった。これがすべてだ」

結婚式をすっぽかしたヴィットリオに対するフローラの怒りは消えた。その代わり、伯父の人生から無残に切り捨てられた今は、自分が伯父のビジネスに利用されたとわかった今は、伯父への怒りがふつふつと湧き起こっていた。「私は本当に何も知らなかった……」

「僕を見くびるなよ」ヴィットリオは侮蔑するような口調で言い放った。「今しがた僕が話したことは知らなかったかもしれないが、きみも彼と同じくらいこの結婚にのめりこんでいた。あの半年間の免責条項がある限り、きみは一生困らないだけの富を手にしていただろう。僕との結婚がきみにとって不利益になる要素はいっさいなかった」

フローラは彼をじっと見た。彼の美貌はもともと冷笑的だが、今は彼女を嘲笑しているかのようだ。

伯父はすでに、もしフローラが半年後に離婚したときは、伯父の懐に大金が転がりこむと明言していたが、彼女は気にも留めなかった。その条項は名ばかりの結婚から逃れるための手段だと考えていたからだ。フローラが結婚を受け入れたのは伯父への忠誠心からだが、実のところもっと複雑な理由があった。彼女はヴィットリオ・ヴィターレにすっかり魅了されてしまったのだ。信じられないほど威圧的な男性だというのに。

心のどこか深いところでは、彼のような男性が自分みたいな女を選ぶはずがないと知っていた。だからフローラは、ちょっとした空想で自分を慰めていた。結婚したら、ヴィットリオは私のことを女として見てくれるかもしれないと。

今日、彼に土壇場で結婚式をすっぽかされ、自分には彼のような男性を引きつける魅力は何もないことを、フローラはこの上なく残酷な方法で思い知らされた。自分が充分に魅力的でなかったばかりに、すべてを台なしにしてしまったのではないかとさえ思った。伯父は実際、すべてフローラのせいであるかのように罵った。

もちろん、伯父は間違っている。ヴィットリオには最初から私と結婚するつもりはなかったのだから。

「私は伯父の破滅を最大化するための駒にすぎなかったわけね」フローラは力なく応じた。「そして、あなたが立てた今回の結婚の計画は独創性に富んだ、きわめて残酷な仕掛けだった」

ヴィットリオは嘲笑した。「自己憐憫《じこれんびん》はやめてくれ。結婚を勧めたのはきみの伯父だ。彼は明らかに、姪《めい》を嫁がせれば、僕とのビジネスでさらなる利益を見込めると踏んだんだ。言わば生涯にわたる保険が得られると。彼にきみとの結婚を勧められたとき、社会的に彼を困らせるという利点を僕が見いだしたことは否定しない。なんらかの利点がなければ、見ず知らずの女性との便宜的な結婚に同意するはずがない」

フローラは何も言わなかった。この冷淡で、復讐心《ふくしゅうしん》に燃えた男に、伯父に対する複雑な感情を吐露するつもりはなかった。もし、今回の一連の騒動で愚か者がいるとしたら、それは彼女だった。

伯父が何年も、私を温室の花のごとく家の中に閉じこめていたのも不思議ではない。のちのち伯父に利益をもたらす政略結婚に利用するため、私に虫がつかないようにしていたのだ。家庭教師をつけて、学校にも通わせずに！

フローラはただ単に、過保護だと思っていた。しかし今、すべてが理にかなった企みだと知って吐き気を催した。私はそんなにも愛情に飢えていたのだろうか。情けないにもほどがある。

ヴィットリオの苛烈な視線は、フローラをさらに傷つけた。まるで皮膚を何枚も剥がされたような気がした。「もう行かなくちゃ」

彼は手をひらひらさせて言った。「もちろん、ドアの場所は知っているはずだ」

フローラは体の向きを変えてドアへと歩き、ノブに手をかける前に振り向いた。「あなたの身に起きたことはとても残念だし、正義を果たしたいと望む気持ちも理解できる」自身を指差して続ける。「でも、このやり方は間違っている。今日あなたのしたことは、あなたを伯父と同じレベルまで引き落とした。あなたは卑劣で冷酷な人。ちょっとした余興のために、私を辱めたのだから」

しばしの沈黙のあとで、ヴィットリオは口を開いた。「今日きみの身に起こったことは、一週間もたてば忘れ去られる。信じてくれ、僕はきみの伯父にもっと冷酷になれた。彼にはまだ資産があるから、努力すれば失ったものを取り戻すチャンスがある。そして、きみには信託財産があるはずだ」

「なぜそんなことを知っているの？」その信託財産がすでに使い果たされたことを、フローラは彼に言う気はしなかった。成人する前に、伯父から、彼女の遺産へのアクセスを許可する書類に署名するよう説得されたのだ。伯父はフローラのためだと言ったが、ヴィットリオの話を聞いた今は、嘘《うそ》だったとわかる。あまりに無知で世間知らずの自分が恥ずかしく、腹立たしい。

ヴィットリオは肩をすくめた。「きみの伯父のことを調べているうちに知ったんだ。むしろ僕に感謝するべきだ。きみは今、彼の縛りから抜け出して自由に生きられる。きみはまだ二十二歳で、遺産も持っている。あいにく離婚後に僕から金をせしめることはできなくなったが、世間の関心が次のゴシップに移ったあとは、きみは望みどおりの結婚をすることができる。間違いなく」

フローラはこみ上げる吐き気をこらえ、顎をぐいと上げた。「あなたは、私と二人きりで会ったり話したりしようとしなかった。その時点で疑念を持つべきだったわ。私はただ、あなたは紳士的なだけかと思っていた」

ヴィットリオは黒曜石のように目をきらめかせて首を横に振った。「僕は〝紳士〟からほど遠い」

フローラは顎をさらに突き出した。「ええ、そのとおりね。今ならわかるし、ほかの点でもあなたは正しい。確かに私は自由を得た。二度とあなたに会わないことを願うわ」震える指でヴィットリオを指差して続ける。「あなたは少しもいい人じゃない」

そのとき、指にはめた婚約指輪が目に留まり、フローラは衝動的に外した。派手で大きなダイヤで、金の台座の両側にはさらに二つのダイヤがはめこまれている。彼女はそれを彼に投げつけたい衝動を抑え、近くのテーブルに置いた。「そのナックルダスター《ヽヽヽヽヽヽヽ》は返してあげるわ。あなたにいやな思いをさせたくなかったから言わなかったけれど、あなたってセンスがないのね」

それはフローラが今まで人に言った中でいちばん意地悪な言葉だった。すぐに彼女は悔やんだが、ヴィットリオと伯父が彼女にした仕打ちを忘れる前に、踵《きびす》を返して部屋を出た。

エレベーターに乗りこむと、ドレスが床の大部分を占めた。そして、一階のロビーを歩いている間、フローラは吐き気を抑えようと何度も深呼吸を繰り返し、やっとの思いで外に出た。

人々がじろじろ見ていたが、フローラは気づかなかった。今や吐き気はパニックに取って代わられていた。彼女には何もないし、誰もいなかった。行くところもない。伯父と伯母が彼女のことを気にかけてくれていたのは遺産が目当てだった。私はずっと孤独だったのだ、とフローラはようやく気づいた。

彼らは私の相続財産を奪った！

そして、あの男は？

フローラには、ヴィットリオ・ヴィターレが誰かを大切にしているところなど想像できなかった。彼は冷酷で無慈悲、冷笑的で意地悪……。彼女はふいに立ち止まり、一息ついた。そして、パニックのまっただ中に、負の感情でない何かが芽生えていることに気づいた。解放感だ……。

ヴィットリオは正しかった。私は今、自由だ。しかも完全に。伯父に引き取られて以来ずっと抱いていた忠誠心や義務感から解放されたのだ。

フローラは初めて世界を見るように新鮮な目であたりを見まわした。恐ろしいけれど少し爽快な気分で、彼女は崖っぷちに立っていた。

これからどうする？　私はどこへ行けばいいの？

パニックが再び押し寄せてきたが、彼女はそれに負けまいと自らを奮い立たせた。

ヴィットリオのオフィスビルの前の舗道で、ウエディングドレス姿で髪を振り乱して立ちながら、フローラは自分に言い聞かせた。よく考えるのよと。まずするべきは、今夜の寝場所を確保して、このドレスを脱ぎ捨てること。その先のことは明日また考えればいい。

フローラは左に曲がり、モペッドに乗った若い男たちの視線や野次を無視して、頭を高く掲げて再び歩きだした。私はきっと新たな人生を見つけるだろう。そうしなければならないし、ほかに道はない。誰にも助けを求められない。私は一人ぼっち。それでもかまわない。

彼女は人々の善良さを信じ、どうにかなると信じていた。その信仰に導かれるようにして、フローラはウエディングドレスのトレーンを引きずり、ローマの街中に姿を消した。

ヴィトは長い間、窓の前に立っていた。たった今起こった出来事に動揺していた。

実のところ、ウンベルト・ガヴィアのことしか頭になかったため、政略結婚を提案されたとき、ヴィトはあっさり乗ったのだ。復讐相手を打ちのめすための一助になると考えて。

フローラに関してはほとんど印象に残っていなかったので、教会でヴィトを待つ彼女のことを、実体を伴った女性として考えたことはなかった。彼の頭の中には、結婚式をすっぽかすことでウンベルト・ガヴィアに社会的な恥辱を与えることしかなく、花嫁に及ぼす影響については考えもしなかった。

しかし今、ヴィトはフローラのことを考えた。なぜなら、彼女が目の前に立ちはだかり、自分がしたことの結果を思い知らされたからだ。フローラの言葉を信じるなら、何が起こっているのか、彼女はほとんど知らなかったのだ。

それでも、フローラは結婚に同意した。だからこそ、彼女は伯父と共謀していると思いこんだのだ。

言わば、彼女は自業自得なのだ。

なんだと？　心の声がなじった。ローマの大勢の有力者の前で恥をかかされることが、当然の報いだというのか？　伯父と同罪だと？

そうだ。ガヴィアはガヴィアだ。ウンベルトが壊滅させたのはヴィトの家族だけではなかった。告発するためにウンベルトの行状を調べたとき、あの男はさらなる凶行に及んでいることがわかった。

とはいえ、フローラはただ冷酷なだけのガヴィアと同じように振る舞ったわけではない。懇願したり泣いたりして、同情を求めにヴィトのところに来たのでもなかった。彼女は激怒し、混乱し、困惑していた。そして、彼の家族の話を聞いて、心底動揺しているように見えた。

ヴィトは、あれは演技だったと自分に言い聞かせた。自分を守るための演技をしたにすぎないと。

〝あなたは少しもいい人じゃない〟

もっとも、ヴィトは自分が〝いい人〟だと主張したことはなかった。母親が病気でこの世を去った頃から、彼は〝いい人〟であることをやめたのだ。同時に、ウンベルト・ガヴィアに復讐すると誓った。

そして、その日はやってきた。

フローラ・ガヴィアなら大丈夫だ。ヴィトは自分を無理やり納得させた。彼女は両親から莫大《ばくだい》な資産を受け継いだのだから。彼女の父親はウンベルトの弟だ。

だが、家業には関与していなかった。

なのにフローラを罰するのか？

その問いをヴィトは脇に押しやった。たとえ父親が直接関与していなくても、フローラは幼い頃からウンベルトに育てられた。事実上、彼の娘なのだ。

間違いなく、すぐにでも社交の場で代わりの夫を探すフローラの姿が見られるだろう。

彼女は大丈夫だ。ヴィトは確信した。

ガヴィア家は何世代にもわたって存続してきたが、ときには強引な、あるいは悪辣なことにも手を染めなければ、それは不可能だったに違いない。フローラに言ったように、ヴィトはウンベルトを壊滅させせはしなかった。経済的にも社会的にも大きな傷を負ったが、努力すれば回復は可能だろう。ただし、ウンベルトが本質的に怠け者であることを知っていたので、すぐに回復できるとは思っていなかった。

フローラについては……。ヴィトは不本意ながら、彼女との再会に心を引かれていることを認めざるをえなかった。オフィスで会った彼女は今までで最も魅力的で、興味をそそられた。もしさっきのようなフローラにもっと前に会っていたら、彼女を祭壇に立たせたままにしておくのは忍びないと思ったかもしれない。

だが、ヴィトはそうした。そして、もう終わった。彼は前に進むことができた。飲み物を手に取り、残ったウイスキーを喉に流しこむ。しかしなぜか、今回は満足感がもたらす味わいが薄れ、独特の酸っぱい後味が口と胃の中に長く居座っていた。

2

半年後、ローマ
「ヴィターレ！　いったいどこにいたんだ？」

声をかけてきた男に、ヴィトは無理やりほほ笑んだ。その男はローマ随一の由緒あるホテルの中を、ローマで最も裕福な人々の群れをかき分けながら近づいてきた。

そこでは毎年恒例のチャリティオークションが開催されていて、ヨットやカリブ海の小島などが、目の玉が飛び出るような高値で落札されていた。

ヴィトは、かつてはこのような光景を当たり前のように見ていたが、最近はこうした富の誇示を退屈に感じていた。

そのとき、腕に女性の手が触れた。真っ赤に塗られた長く完璧な爪。見事に日焼けした肌。ダイヤのブレスレット。香水の濃い香りが鼻をつく。顔を上げると、なんとなく見覚えのあるモデルだった。

美しい。だが、ヴィトはしばし待ったが、なんの感興も湧かなかった。

彼は女性の手をつかみ、腕から離した。彼女の目が見開かれたかと思うと、すぐに激高した。ヴィトは無視し、声をかけてきた男のほうへ歩いていった。

「ロベルト、チャオ！」

突然、百個のグラスが割れて砕け散ったような音がとどろいた。あたりを見まわすと、ウエイトレスの背中が見えた。身をかがめ、落としたトレイと割れたグラスを片づけている。トレイからは飲み物が滴り落ちていた。

ヴィトの位置からは彼女の黒いスカートと白いシャツ以外はよく見えないが、金褐色の髪を背中で束ねている。周囲には眉をひそめた客たちの人垣ができていて、その光景にヴィトはなぜかいらだちを覚えた。彼はウエイトレスのそばに行って身をかがめ、大きめのガラスの破片を拾い上げた。

「おやめください。もっと面倒なことになりますから」彼女は即座に言った。

その声に、ヴィトは思わず身を凝らした。顔は見えないが、彼女の頬と顎の曲線に目を引きつけられた。見つめられていることに気づいたかのように、ウエイトレスは振り返って彼を見た。その目が大きく見開かれ、顔から血の気が引いていった。

フローラ・ガヴィアだ。

ヴィトは顔をしかめ、状況を理解しようと努めた。フローラ・ガヴィア――嫌われ者の一族の相続人がチャリティイベントの会場でウエイトレスの格好をしている。社交界の花の格好ではなく。

「きみは何をしているんだ？」

フローラは彼の頭越しに何かを見て言った。「放っておいて」グラスの破片を拾いながら独り言のように続ける。「こんな粗相をしては、もう首ね」

ヴィトは彼女の手首をつかんだ。信じられないほど華奢《きやしや》だ。そして、フローラルな香水にかすかなムスクの匂いがまじった彼女の香り。彼は瞬時に快い興奮を覚えた。

フローラは彼を見た。「何をしているの？」

ヴィトは下を向いた。「血が出ている」

彼の視線を追って指から血がにじんでいるのを認め、フローラはうめき声をあげた。「本当に大変な目に遭いそう。彼らは血が嫌いなの」

ヴィトがその意味を理解する前に、イベントスタッフがやってきて深々と頭を下げた。「申し訳ありません。あとは私たちにお任せください」

彼はフローラを取り囲むように集まってきたスタッフたちに引っ張られるようにして立ち上がった。それから十秒とたたないうちに、フローラとトレイ、そしてグラスの破片が魔法のように消えていった。

一瞬、ヴィトは幻覚を見たのかと思った。しかしそのとき、床にほんのりとピンクの染みがあることに気づいた。彼女の血だ。彼の中でさまざまな感情が交錯したが、とりわけ強く感じたのは、あのウエイトレスが本当にフローラ・ガヴィアなのか確かめたいという衝動だった。

「おい、ヴィターレ、今のウエイトレス、きみが結婚しかけたガヴィアの女に似ていなかったか？」

ヴィトは隣に立つ男を見て、再び無理やりほほ笑んだ。「ちょっと失礼する。行かなくては」

彼は返事を待たずに舞踏室を出てロビーに向かったものの、そこでしばらく立ちつくした。どこから捜せばいいのかさえわからなかった。だが、髪を背中でまとめた女性の姿が目に入った。黒いスカートにデニムのジャケット、クロスボディバッグ、黒の薄手のタイツ、フラットなブローグシューズ……。

ヴィトはすぐさま動き、彼女が脇のドアから出ようとしたところをつかまえた。

フローラは彼を見上げ、再び青ざめた。「あなたは……」

「そうだ、僕だ」彼女の腕に手をあてがいながらヴィットリオ・ヴィターレは不機嫌そうに言った。その場しのぎの包帯の下で、指はまだずきずきしていたが、フローラはほとんど意識していなかった。あらゆる人とぶつかる可能性があった中で、彼との遭遇は最悪の屈辱をもたらした。

「それで?」フローラは敢然と尋ねた。「ローマのVIPたちの前で、グラスの破片を拾いながら床を這《は》いずりまわる私を見て快感を得るのをやめてくれたら、私は後片づけを続けたいのだけれど?」

彼はフローラの記憶にあるよりもさらにゴージャスに見えた。ヴィットリオは古典的な黒のタキシードに身を包んでいたが、彼の力強い体を隠すには充分ではなく、上腕二頭筋を見て、彼女はうろたえた。めまいを催すほどに。

彼はかぶりを振りながら繰り返した。「きみはここで何をしているんだ?」

フローラは彼を見て、空いているほうの手で自分自身を指差した。「見てのとおりよ。詳しく説明する必要があるかしら?」

彼は答えず、フローラの頭越しに何かを見てから、彼女を引っ張ってロビーを横切り、受付に向かった。

すると、支配人はフローラには目もくれずに言った。「シニョール・ヴィターレ、どうなさいましたか?」

「部屋を頼む」

フローラはあんぐりと口を開け、支配人がヴィットリオに部屋のキーを渡すのを見ていた。

その二分後にはヴィットリオに腕を取られて、彼女は狭いながらも豪華なエレベーターの中にいた。

そこでようやくフローラは我に返り、慌てて腕を引っこめた。「どういうこと？　いったい何をするつもり？」

ヴィットリオがボタンを押しながら言った。「僕のほうこそ、きみにききたい。ここで何をしているんだ？」

「家に帰ろうとしていたのよ。一カ月の試用期間中だったのだけれど、今夜の失敗で首になったから」

エレベーターが動き始めると、ヴィットリオは問いただした。「いつからウエイトレスとして働いているんだ？」

フローラは腕時計を見るふりをして辛辣な口調で答えた。「十分前にウエイトレスではなくなったわ。短いキャリアだった」

エレベーターのドアが開くと、クリーム色の豪華な絨毯《じゅうたん》、柔らかな照明、クリーム色と金色に塗られた壁が目を引く、静かな廊下に出た。

ヴィットリオはエレベーターから降りるなりドアに手をかけ、閉まらないようにした。彼は見るからにいらだっていた。「フローラ、きみに話がある」

「何について？　あなたが私との結婚式をすっぽかした日に、言うべきことはすべて言ったわ」

彼の顎の筋肉がぴくぴく動いた。近くから小さな声が聞こえてきてヴィットリオがちらりと目をそらした隙に、フローラは彼の手をドアから払い、すばやくボタンを押して逃げ出したい衝動に駆られた。

しかしそうする前に、エレガントな装いの年配のカップルが現れた。

その女性はフローラにほほ笑みかけた。フローラはエレベーターを降りずにこのカップルと一緒に一階に戻る機会を得たにもかかわらず、なぜかカップルの邪魔にならないよう廊下へと足を踏み出した。

エレベーターのドアが閉まると、ヴィットリオは廊下の突き当たりのドアに足を向けた。フローラは絨毯に足を沈めながら彼のあとを追った。これほど快適な環境に身を置くのは数カ月ぶりだった。伯父の邸宅がさほど豪華だったわけではないし、快適だったわけでもないが。骨董品《こっとうひん》や、彼女とは似ても似つかない先祖の恐ろしげな肖像画が所狭しと飾られていて、まるで博物館のようだった。

フローラはイギリス人の母方の家系の人たちに似ていた。それがおそらく、彼女が伯父に好かれなかった理由の一つだったに違いない。

今、ヴィットリオは開け放たれたドアの前に立ち、蝶《ちょう》ネクタイを外しながら彼女を見ていた。顎に無《ぶ》精髭《しょうひげ》を生やしたセクシーな姿で。

敷居をまたぐ前に、フローラは言った。「あなたはよくこういうことをしているみたいね」


「なんのことだ？」

「あの支配人、あなたが部屋を頼んだとき、まばたき一つしなかったわ」

ヴィットリオの口元がわずかにゆがんだ。「それはたぶん、一カ月ほど前に、僕がこのホテルのオーナーになったからだろう」

「ああ……そういうことね」フローラはきまりが悪くなった。ヴィットリオ・ヴィターレが女性を連れて現れ、部屋を要求するのは、日常茶飯事に違いないと想像していたのだ。私のような女を誘惑するはずはないのに。

彼は一歩下がって言った。「入ってくれ」

フローラが深く息を吸ってから彼の前を通り過ぎた際、彼の香りが鼻をくすぐった。ムスクと木の香りが入りまじった匂いはなんとも刺激的だった。

部屋は宮殿さながらのスイートルームだった。窓からはローマの街が見渡せる。フローラの位置からは外にテラスがあるのが見えた。

窓にヴィットリオの姿が映っている。蝶ネクタイは外され、シャツのいちばん上のボタンが外されていた。フローラはさっと振り向いた。「なぜ私と話したいの？」

彼は両手を広げた。「こんなところで何をしているんだ？　なぜ伯父さんと一緒じゃないんだ？　彼は南アメリカにいて、そこで一旗揚げようとしていると聞いている」

その情報に、フローラは胸を引き裂かれる思いがした。自分以上にヴィットリオが多くのことを知っていたからだ。彼女は、あの朝教会で会って以来、伯父とは連絡を取っていなかった。「伯父がどこで何をしていようと、私には関係ない。半年前のあの日以来、伯父には会っていないの」

ヴィットリオは眉をひそめた。「なんだって？」

フローラは肩をすくめた。「あなたが言ったように、私は自由になった。だから、自分のしたいことをしただけ」

「いったい何が……きみをこんな境遇に追いこんだんだ？」

ヴィットリオが公衆の面前で彼女を見捨てたこと、彼女をオフィスから追い出したことを忘れたかのような言いぐさに、フローラは怒りに駆られた。「いい？　あなたに説明する義務はないの。これで失礼させてもらうわ。行かなくちゃいけないところがあるの」というのも、郊外にある今の住まいまで戻るには、少なくとも一時間はかかるからだ。

彼女がドアに向かうと、ヴィットリオが信じられないといった面持ちで尋ねた。「きみはそんなに早く両親の遺産を使い果たしてしまったのか？」

フローラは足を止めた。笑いと涙が同時にこみ上げる。伯父に盗まれ、見たこともない遺産を？　哀れなのは、遺産がいくらあったのかさえ知らないことだ。彼女がそのことを話題にするたびに、伯父ははぐらかし、自分が大切に預かっていると言うばかりだった。一族の名声と財産を見事に取り戻したこの男性――ヴィットリオ・ヴィターレが彼女の悲しい物語を知ったら、間違いなく嘲笑するだろう。そこでフローラは精いっぱい冷ややかに答えた。

「私は大切な遺産を浪費し、今は下働きをしているの。さようなら、ヴィットリオ、よい人生を」

「待ってくれ」彼女が再びドアに向かって歩きだしたとき、ヴィトはとっさに言った。彼は動揺していた。何もかも理解できなかった。何かがおかしいと確信しながらも、それがなんなのか、見当もつかなかった。

再び足を止めたフローラの後ろ姿はどこか儚《はかな》げだった。以前より明らかに痩せている。彼女の現在の境遇を知りたくてたまらなかった。たとえそれがウンベルト・ガヴィアとは無関係であっても。

「何か食べていかないか？　飲み物は？」

しばらく逡巡《しゅんじゅん》したあとで、フローラは振り向いた。そのとき、ヴィトは気づいた。痩せたのに、ウエディングドレスを着ていたときと同じ曲線を保っていることに。

豊満な胸に目を引きつけられ、彼の体はたちまち反応した。

まったくどうかしている。今も、あのときも……。

「そうね……」フローラが口を開いた。「サンドイッチをお願いできるかしら」そして、ふと思いついたように言い添えた。「もしよければ、ソーセージも少し」

すぐさまヴィトは電話をかけ、ルームサービスを頼んだ。その間、フローラはジャケットを着たままドアのそばに立ちつくしていた。

「座って、フローラ。何か飲み物は？」

彼女は明らかに気が進まないそぶりで戻ってきて、ソファの端に腰かけた。たいていの女性が示すヴィトに対する反応とはだいぶ違う。

「ありがとう。では、水をいただくわ」

ヴィトは品ぞろえが豊富なミニバーに行き、彼女のために水を、自分用にウイスキーの小瓶を取り出した。それぞれをグラスについで戻り、彼女に水のグラスを手渡す。「もっと強いものが欲しければ言ってくれ」

フローラは首を横に振った。「いいえ、これで結構。ありがとう」そう言って彼女は水を一口飲んだ。

グラスを持つ彼女の手を見て、ヴィトは小さく悪態をついた。「まだ血が出ている」

彼女が手を上げると、血が指を伝った。「ごめんなさい、気づかなかったわ」

フローラが言い終えるより早く、ヴィトは電話をかけていた。そして指示を終えて受話器を置くと、彼女を見やった。「バスルームに来てくれ」

「大丈夫よ、もう一枚ティッシュがあるから」

「フローラ……」

彼女が顔を上げると、ヴィットリオは言った。

「だめだ、傷を見せてくれ」

フローラはしぶしぶバッグを手に取って立ち上がった。ヴィトは彼女をバスルームに導き、明かりをつけた。

「ジャケットを」

彼女が脱いだジャケットを、ヴィトはドアの裏にかけた。そして彼女の手を取り、その場しのぎのティッシを剥がした。

「絆創膏《ばんそうこう》はなかったのか?」

「さあ。確かめる気もなかったわ。ボスがひどく怒っていたから」

ヴィトはフローラを見つめた。こんなに近くにいると、鼻のそばかすまで見え、不思議と親しみを覚えた。頬は淡いピンクに染まっている。フローラは僕を求めている、とヴィトは確信した。彼女はけっして認めないだろうが。

「何？　私の顔に何かついている？」

ノーメイクにもかかわらず、フローラは実に美しく、ヴィトは衝撃を受けた。大きな目、長いまつげ、桜色の頬、挑発的な口、そして柔らかくふっくらとした唇。

どうして今まで気づかなかったのだろう？

もっぱら彼女の伯父に目が向いていたからだ。

「いや」ヴィトはかぶりを振った。「きみがどこか違って見えるんだ」

フローラは神経質そうに空いているほうの手で頭に触れた。「たぶん髪のせいよ。もうストレートにはしていないの。そんな余裕はないし、自分ではできないから」

少し乱れている彼女の髪をほどき、肩に垂らしたいという衝動を、ヴィトは必死に抑えこんだ。そして蛇口をひねり、彼女の指を水流に入れた。

フローラが息をのむ音が耳を打ったとき、部屋のドアがノックされた。

「僕が戻るまで、このままで」ヴィトは言った。

〝はい、お客さま〟というつぶやきが聞こえた気がしたが、彼はバスルームを出て部屋のドアを開けた。食事と救急箱がのったカートを引いてきたルームサービス係に礼を言ってチップを渡すと、すぐに救急箱を持ってバスルームに戻った。

蛇口を閉め、小さなタオルで優しく彼女の手を拭き始めたヴィトは、彼女の爪が短いことに気づいた。マニキュアも塗られていない。彼はキットから絆創膏を取り出し、切り傷を覆った。「思った以上に傷は深いようだ」

「ありがとう」フローラは礼を言った。「こんなこと、しなくてもよかったのに」

「どういたしまして」ヴィットリオは包みを捨て、救急箱を閉じた。

「どこで習ったの？」

ヴィットリオはさも愉快そうに彼女を見た。「絆創膏の貼り方を？」

フローラは顔を赤らめた。「気味悪がる人もいるのよ」幼い頃、有刺鉄線で足にひどい鉤裂《かぎざ》きをつくり、伯母のもとへ駆けこんだことが思い出された。伯母はその場で気を失いそうになり、大騒ぎになった。伯父はスタッフに命じ、姪《めい》より先に妻の手当てをさせた。結局、フローラは何針も縫わなければならず、入院を余儀なくされたのだった。

フローラは自分の手を拳に握り、胸にあてがった。突然、バスルームから空気がなくなったように感じ、息苦しくなったのだ。それでも、なんとか言葉を継ごうとしたが、ヴィットリオに先を越された。

「母が病気になったとき、しばらく僕が看病したんだ。そのおかげで、医療行為に関しては抵抗感がまりないのかもしれない」

フローラは、彼が両親について話したことを思い出した。彼が伯父に復讐心《ふくしゅうしん》を抱いた理由を。

「さあ、食べて」ヴィットリオが言った。

フローラのおなかがかすかに鳴った。それこそがこの部屋に残った理由だった。

彼女はヴィットリオのあとを追って部屋に戻った。彼はジャケットを脱いでいて、シャツが逆三角形の背中に張りついている。ズボンは筋肉質のヒップの形をあらわにしていた。

彼はカートの傍らに立ち、皿から銀色のドーム型の蓋を持ち上げた。フローラは目を見張った。トーストされたサンドイッチにフライドポテト。ソーセージも添えられている。こんなにおいしそうなものは見たことがなかった。

ヴィットリオは皿をテーブルに置き、椅子を引いた。「さあ、どうぞ」

フローラは座り、フライドポテトをつまんで口に入れ、そのおいしさに目を閉じそうになったが、サンドイッチのほかに食べ物がないことに気づいた。

「あなたは何も食べないの？」

ヴィットリオはうなずいた。「僕はいらない」

サンドイッチを手に取って食べようとしたところで、フローラは動きを止めた。「私を見ないで。動物園の動物みたいに感じるから」

公平を期するなら、おそらくヴィットリオは目の前で女性が実際に食事をする光景を見慣れていないのだろう、とフローラは推測した。彼女の伯母は人前ではあまり食べなかった。フローラとスタッフだけが、伯母が定期的に真夜中の厨房《ちゆうぼう》に忍びこみ、人目を避けて暴飲暴食をするのを知っていた。

ヴィットリオが時計を見た。「実は下の階で人と会う約束をしている。その間に、きみは心置きなく食事ができるよ」

黒曜石のような視線を注がれずにすむと思うと、フローラはほっとした。

彼はドアに向かって歩きだし、途中で足を止めて振り返った。「僕が戻るまで、ここにいてくれ」

「でも、もう少ししたら行かなくちゃ」フローラは言った。

「長くはかからない。数分で終わる。戻ったら、きみを送っていくよ、お望みの場所に」

彼に自分の滞在先を見られると思うと身がすくみ、フローラは即座に断った。「いいえ、その必要はないわ。でも、あなたが戻ってくるまで待つわ」

彼が出ていくと、フローラはサンドイッチとフライドポテトを平らげ、水を飲んだ。それからソーセージを丁寧にナプキンに包んだ。

そして食べ終わると、ヴィットリオが戻ってきたらすぐに辞去できるようジャケットを羽織った。彼のもてなしには感謝していたが、すぐにでも彼の存在しない世界へと戻るつもりだった。

ヴィトが戻ったとき、スイートルームは無人だった。たちまちパニックと後悔といらだちに襲われたが、何よりも強く感じたのは失望感だった。

彼は信頼できる人にあまり会ったことがなかったし、フローラ・ガヴィアが信頼に値すると信じる根拠もなかった。しかしそのとき、バルコニーに通じるフレンチドアが開いていることに気づいた。目を凝らすと、その先に人影が見える。ほっとしたとたん、疑問が湧いた。フローラ・ガヴィアが再び目の前から姿を消したとしても、なぜ僕が動揺しなければいけないんだ？

それは……彼女の身に何が起こっているのか知りたかったからだ。単なる好奇心にすぎない。ヴィトは自分にそう言い聞かせた。

彼は、フローラがウエディングドレス姿でオフィスから出ていったときと同じく、何か重大なことを見落としているような不安に襲われていた。

いや、なんでもない。ヴィトはすぐに否定した。僕はただ、すべての情報を手に入れ、何事も偶然には委ねることはないから、困惑しているだけだ。

結婚式の当日、フローラは多くの疑問を残したままオフィスを出ていった。そして今、さらに多くの疑問が湧いていた。ヴィトは未解決の懸案や意味不明の状態を放っておくのが我慢ならなかった。

フローラ・ガヴィアがイベント会社でウエイトレスとして働いていたこと、そして少なくとも知人の一人が彼女を記憶していたことは、まさに放ってはおけない問題だった。それがはっきりするまでは、フローラを帰すわけにはいかなかった。

3

フローラはローマのすばらしい眺めに魅了されていた。そのため、ヴィットリオがやってきたのに気づかず、唐突に背後であがった声にひどく驚いた。

「髪がほどけている」

とっさにフローラは振り向き、頭に手をやった。そして、伯母が口を酸っぱくして、公共の場に出るときは髪をストレートにするようにと言っていたのを思い出した。フローラの髪は巻き毛で癖があり、扱いにくかった。「頭が痛くて下ろしたの」

フローラが再び髪を束ね始めるなり、ヴィットリオが言った。「やめてくれ」

わけがわからないままフローラは手を下ろした。


なぜかヴィットリオはショックを受けたようで、奔放な髪に嫌悪感を抱いたわけではないらしい。むしろ目を奪われているように見え、彼女は胃がすとんと落ちるような感覚に襲われた。

「そのままのほうが、きみの髪は美しい」

フローラは顔が赤らむのを感じ、闇に包まれていることに感謝した。「ありがとう。母譲りなの」

「お母さんは……たしかイギリス人？」

「ええ。知ってのとおり、父はイタリア人で、ウンベルト・ガヴィアの弟だった」伯父の名を口にするたびに、フローラの胸は嫌悪感でいっぱいになった。

「本当にもう行かなくちゃ」

「恋人が待っているのか？」

「いいえ」フローラは首を横に振った。恋人をつくる余裕などあるわけがない。「恋人はいないけれど、私には責任があるの。私の住んでいる場所は特殊で……」彼女はそこで言葉を切った。ヴィットリオが私の私生活を知る必要はない。「とにかく戻らなければ。食事をありがとう。それから――」

「職を失ったのか?」

フローラは目を見開いた。「あなたのせいじゃないわ。トレイを落としたからよ」実を言えば、少しは彼のせいでもあった。誰かが彼の名前を呼ぶのを聞いて振り返り、彼を発見してショックを受けた。その拍子に何かにぶつかってしまったのだ。しかし、それを明かすつもりはなかった。

「もし僕がきみを助けようとしていなければ、おおごとにならずにすんだかもしれない」

フローラは顔をしかめた。「そうかもしれないけれど、トレイを持つことに慣れていなかったの。同じ粗相は今夜で三回目よ」

「そうだったのか」ヴィットリオは言った。

「伯父は奇妙にも、グラスの入ったトレイの持ち方を学ぶことが重要だとは考えていなかった」

「なのに今、きみはそれをやっている」

ヴィットリオが興味深そうに言うと、フローラはスイートルームに戻った。

「バッグを取ってくるわ」

「車で送るよ」

クロスボディバッグを肩にかけて戻ってきたフローラは緊張した。「本当にその必要はないわ。私の家は街の外れだから」

「きみが無事に帰り着くのを見届けたいんだ」

フローラはすばやく考えを巡らせた。どこか近くで降ろしてもらえば、実際に住んでいるところを見られる恐れはない。

「わかったわ。あなたがどうしてもと言うなら」

二人はスイートルームを出て、エレベーターでロビーに下りた。そのとたんフローラは凍りついた。イベントマネージャーの上司が彼女を見ていたのだ。

彼女の反応を見て、ヴィットリオは鋭い口調で尋ねた。「あれは誰だ？」

「元上司よ」フローラは悲しげにつぶやいた。

「ここで待っていてくれ」

ヴィットリオはそう言って、彼女の顔をゆがませている男のもとへ歩いていった。そして二人が言葉を交わし始めて一分とたたないうちに、元上司は顔を真っ赤にしてうなずいていた。

彼は戻ってくるなりフローラの腕を取り、正面玄関に向かった。彼女は振り返って元上司を見た。彼はショックを受けているようだった。

ホテルの外に出た二人は、銀色の流線型の車が待機している場所に向かって階段を下りていった。若い係員が助手席のドアを開けて待っている。フローラは気まずさを感じながら、自分を奮い立たせて乗りこんだ。

ヴィットリオが反対側から乗りこんで車を発進させると、フローラは滞在先の大まかな住所を伝えた。

渋滞の道路を運転中の彼の気をそらしたくなかったが、好奇心に屈し、前方の道路を見ているヴィットリオの力強い横顔を見つめて尋ねた。「さっき、彼になんて言ったの？」

「部下に対する接し方が気に入らないと伝え、今後、職場環境の改善を図らない限り、僕のホテルでのイベントは任せられないと釘《くぎ》を刺した」

「そうだったの」フローラは内心ひどく驚いていた。伯父を破滅させ、彼女との結婚式をすっぽかした冷酷な男とは思えない振る舞いに。予想外と言えば、今夜のもてなしも、指に応急処置を施した優しさにも驚いていた。絆創膏《ばんそうこう》は今も指にぴったりと巻かれている。もう痛みも出血もなかった。

彼は自信たっぷりに運転した。速いけれど、速すぎるわけではない。気づいたときには、車はローマの閑静な住宅街を走っていた。まさにフローラが指示した場所だった。

「きみの家はどこだ？」ヴィットリオはゆっくりと車を走らせ、立ち並ぶアパートメントを眺めながら尋ねた。「玄関の前につけるよ、フローラ」

フローラ……。ヴィットリオに名前を呼ばれ、フローラの胸がときめいた。〝ノー〟という答えは通りそうもなく、彼女はため息をつき、しぶしぶ住所を告げた。そこはすぐ先の角を曲がったところだった。

彼は車を止めると、フローラが動く前に降りて助手席側のドアを開けた。彼女が滞在している家の門はなんの変哲もなかった。フローラは気まずさを感じながらその前に立った。街灯に照らされたヴィットリオが大きく見える。そのせいで、自分の背後にある建物をよりいっそう意識した。

フローラは言った。「ありがとう。ここから先は私一人で大丈夫よ」

だが、ヴィットリオは顔をしかめ、彼女の背後の建物を見て尋ねた。「ここは……ホステルか？」

フローラはその言葉に飛びついた。「ええ、ホステルのようなもので、宿泊客以外は入れないの」

そのとき、フローラの背後で門が開き、年配の女性が出てきた。「フローラ？　大丈夫？」

「ええ」フローラはうなずいた。「マリア、こちらの紳士が送ってくれたの」

「そう。ところで、フローラ、話があるの。ベンジーと一緒だと、ここにいるのは無理だと思う」

「ベンジーとは？」

ヴィットリオの問いかけに、フローラは胃が痛くなるほどのパニックに陥った。こうなることはわかっていたにもかかわらず。

「ベンジーはフローラの赤ちゃんよ」フローラに代わってマリアが淡々と答えた。

彼はフローラを凝視した。「きみには赤ん坊がいるのか？　いったい、どうして……僕たちが婚約していたとき、きみは妊娠していたのか？」

マリアは笑った。「本当の赤ちゃんじゃないわ」

フローラは両手を上げて叫んだ。「二人ともやめて！」ヴィットリオに背を向け、マリアを見て尋ねる。「いつまでに引っ越せばいいの？」

答えるマリアの表情は柔和で優しいが、口ぶりは残念そうだった。「早いほうがいいわ。検査官が突然やってきて、もしベンジーを見つけたら……」

「わかっているわ。それに、すばらしい仕事をしているあなた方に、迷惑をかけたくないもの」

「仕事って、なんだ？」ヴィットリオが口を挟んだ。

フローラが答える前に、マリアが言った。

「この男性は誰？　信用できるの？」

「ええ、信用しても大丈夫」

「わかったわ、じゃあ、話が終わったら、あなたの行き先を決めましょう」

フローラはどっと疲れを感じた。「ありがとう」

年配の女性は中に戻り、門をしっかりと閉めた。

フローラはヴィットリオを見た。腕組みをしていて、納得がいくまで梃子《てこ》でも動かないように見えた。

「ここはどういうところなんだ？　ただのホステルじゃないんだろう？」それが彼の最初の質問だった。

フローラはうなずいた。「女性支援センターよ。だから、繊細さと慎重さが重要なの」

「いったい、きみはここで何をしているんだ？　誰かに何かされたのか？　何があった？」

「いいえ、あなたが想像しているようなことは何もないの。ある人の紹介でわずかな料金で住まわせてもらえることになって……お手伝いをしながら」

「なぜ、こんなことになったんだ？」

フローラは喉をごくりと鳴らした。「あなたには関係のないことよ。さあ、もう帰って」

ヴィットに唯一わかっているのは、フローラが女性支援センターで暮らす理由を突き止めるまでは帰れないということだった。「ベンジーとは誰だ？」

「わかったわ」彼女は観念したように言った。「ここで待っていて。すぐに戻るから」

ヴィトは車にもたれた。あたりは静かな住宅街で、女性支援センターにはうってつけだった。

十分後、彼女は何かを抱えて戻ってきた。

「これがベンジーよ。数週間前にごみ捨て場で見つけたの。かわいそうに、片目が見えないの」

ベンジーは子犬だった。犬種はわからない。ビーグルっぽく、白と灰色の毛で覆われ、少し茶色がまじっている。左目は茶色で、右目は濁っていた。すっかり信頼してフローラの胸で丸くなっていたが、撫《な》でようとヴィトが手を差し出すと、毛を逆立ててうなった。

「ごめんなさい、この子は男の人があまり好きじゃないから」フローラは悪びれもせずに言った。

ヴィトは手を引っこめた。「まあ、いい」応じながら、彼は年配の女性の言葉を思い出した。「犬のために引っ越さなければならないのか？」

フローラはうなずいた。「ここでは生き物を飼えない。だから、ここに来る女性たちの多くはペットを置いてこざるをえないの。それがすごく悲しい。ペットを飼うにはもっと立派な施設に移る必要があるのだけれど、そんな余裕はないわ」

「どうするつもりだ？」質問中にも、ヴィトは頭の中で計画を練り始めていた。

フローラが唇を噛《か》んだ。彼は顔を寄せてその唇にキスをしたくてたまらなかったが、必死に自制した。

「わからない。マリアに相談してみるわ」

「僕の家に来たらどうだ？」

フローラは目を丸くした。「冗談はやめて」

「もし僕たちが結婚していたら、今頃、きみは僕と一緒に暮らしていた」

「あなたが教会に現れなかったから、そんなことにはならなかった。忘れたの？　それに、もし結婚していたとしても、今頃は離婚している。半年が過ぎたのだから」

「それはどうかな。僕と一緒に暮らすのが楽だと思い、結婚生活を続けると決めていたかもしれない」

「あなたもね」フローラはほほ笑んだ。「私があまりに魅力的で手放せなくなったかもしれない」

　しばらく二人は黙りこんだ。フローラの血色が少しよくなったのを見てヴィトは知ったばかりの情報を利用した。「明日、検査官が現れ、もし支援センターが閉鎖される羽目になったらどうする？」

　とたんにフローラは打ちのめされたような顔をした。「もちろん困るわ」

「それなら今夜、僕のところに来ればいい」

　フローラの顔に苦渋の色が浮かび、ヴィトは屈辱感を覚えた。もっとも、ウエディングドレス姿でオフィスに押しかけてきたときから、いや、出会ったときから、フローラは僕と過ごすのを避けていた。これほど僕に冷淡な女性がいただろうか？　ヴィトは思春期の頃から、自分が女性を引きつける稀有《けう》な力を持っていることを知っていた。それを当然だと思ったことはないが、必要とあらば利用してきた。

　こちらを見つめるフローラの大きな瞳にヴィトは魅了された。彼女の髪は肩の上で奔放に跳ねていた。

「わかった。でも、一晩だけよ。そのあとは自分でなんとかする。それでいい？」

　ヴィトは肩をすくめた。「もちろん」

「私の荷物を取ってくるわ。ベンジーのキャリーバッグもね」

　彼は背筋を伸ばして尋ねた。「手伝おうか？」

　フローラは首を横に振った。「来ないほうがいい。見知らぬ人、特に男性は歓迎されないから」

　ヴィトはポケットに手を突っこんだ。彼が無力感に襲われるのはきわめて珍しかった。

十分後、右手にキャリーケース、左手にペット用のキャリーバッグを持ち、フローラが戻ってきた。

ヴィトにキャリーケースを渡しながら言う。「ベンジーが怖がらないよう、私は後ろに座るわ」

ヴィトはケースをトランクに入れた。「家政婦に電話して、ペットフードを用意してもらった」

「ありがとう」

運転席に座ったヴィトはバックミラーに目をやり、フローラの目をとらえた。そのとき、再会してから初めて、彼女の目の下にあざのような影があることに気づいた。彼は胸の中に珍しい感情が広がるのを感じた。他者を気遣う気持ちが。

よりによってガヴィア一族の者に対して。

相反する感情が絡み合い、彼女が何も企《たくら》んでいないと信じるのは愚かではないかという疑念が湧いた。ヴィトは何が起こっているのか突き止める必要があった。「それで、なぜ女性支援センターに?」

ヴィトはバックミラーに映るフローラをもう一度見た。彼女は唇を噛み、彼の視線を避けていた。再び目が合ったとき、ヴィトは電気ショックのようなものを感じ、ハンドルを握る手に力がこもった。

フローラは重い口を開いた。「市内のホステルにいたとき、援助センターのことを耳にしたの」

ヴィトは顔をしかめた。「どんなホステル？」

「ホームレスのホステルよ」

一瞬、ヴィトはハンドル操作を誤り、対向車にぶつかりそうになった。急いでハンドルを切って事なきを得たが、相手の運転手から罵声が飛んできた。彼は車を路肩に止め、フローラのほうを向いた。

「説明してくれ」

「ここで説明する必要があるの？」

「ああ、今すぐ。きみはホームレスだったのか？」

「ほんの二、三日だけれど……」

ヴィトはじっとしていられなかった。車から降り、上着を脱いで運転席に投げ捨てる。胸が締めつけられるのを感じながら、助手席側にまわってドアを開けた。「僕たちは話す必要がある」

車は月が枝葉を明るく照らす並木道に止まっていた。ほどなくフローラが車を降りると、子犬が哀れっぽい鳴き声をあげたので、彼女は身をかがめて慰めの言葉をつぶやいた。ばかげたことに、ヴィトは子犬に嫉妬した。

フローラが立ち上がり、彼と向き合う。ヴィトは腕組みをして言った。「きみが僕のオフィスから出ていったあとのことを話してくれ。洗いざらい」

フローラは息をのんだ。ヴィットリオの口調には相手に有無を言わさぬ力がこもっていて、気分を害したものの、彼女は彼の求めに応じて切りだした。

「あなたのオフィスを出たとき、私には何もなかった。行く当ても、お金もなかった。一セントも」

ヴィットリオはかぶりを振った。「なぜだ?」

「あの日以来、伯父には会っていないと言ったでしょう。いったんは伯父の家に戻ったのだけれど、すでに門は閉まっていた」

「だが、きみには巨額の遺産があったはずだ」

フローラは首を横に振った。「何年もの間に伯父に盗まれたわ。世間知らずの私は、成人するまで遺産を管理する権限を伯父に与える書類にサインをしてしまった。まったく愚かだった……」

「僕たちが行った調査では、きみの相続財産がなくなっていることまではわからなかった」

「そう……」

ヴィットリオの表情が険しくなった。「ウンベルトは帳簿を改竄《かいざん》したに違いない。まさかきみが文無しだとは思わなかった。僕は、きみが両親の遺産を持っていると思いこんでいた」

フローラは体の震えをこらえ、かぶりを振った。

ヴィットリオは小さく悪態をついた。「ここは寒い。車に戻ろう」

寒くはなかったが、ヴィットリオに促されてフローラは車に戻った。

しばらくして車はローマの中心部に入った。ヴィットリオのオフィスと伯父の邸宅があった場所からさほど遠くない。

ヴィットリオはひっそりとたたずむ建物の前で車を止めた。すぐにドアマンが出てきて、車のキーを受け取る。別のスタッフがフローラのぼろぼろのキャリーケースを持つと、ヴィットリオは彼女にきいた。

「犬の散歩が必要なら、ダミアーノにさせるが？」

フローラはうなずいた。ベンジーをキャリーバッグから出し、リードをつけて若い男性に渡す。「よろしく」

子犬がうれしそうにダミアーノに駆け寄るのを見て、ヴィットリオが言った。「彼はすべての男が嫌いなわけではないらしい」

フローラは不可解な罪悪感に襲われた。「まあ、そうかも……背の高い男性がだめなんじゃないかしら」威圧感があるから。彼女は胸の内で言い添えた。

建物の中は、古い外観とは対照的に、洗練されてモダンな感じがした。ヴィットリオは伝統にこだわらない美的感覚の持ち主らしい。息苦しいガヴィアの邸宅で育ったフローラはその感覚を高く評価した。

まだウエイトレスの制服を着ていることを意識しながら、フローラは彼に続いてエレベーターに乗った。最上階でドアが開くと、そこはもう彼のペントハウスの応接室だった。大理石の床が美しく、巨大な丸テーブルの上には色とりどりの花が生けられた花瓶が置かれていた。

彼のペントハウスはワンフロア全体を占めている

ようで、高い天井と屋外テラスが目を引いた。

年配のハウスキーパー、ソフィアが出迎えてくれた。彼女はフローラに犬用のベッドと餌と水を入れるボウルを見せ、それから〝明日はもっといろいろなものを用意します〟と言った。

フローラは、明日の午後にはここにいないとヴィットリオに抗議しようとしたが、彼に先を越された。

「リビングルームへ案内するよ。向こうのほうが居心地がいいから」

その部屋はソファと椅子でいっぱいだった。コーヒーテーブルには本が積まれ、壁には現代アートの絵画が掛かっている。内装は全体的に落ち着いていて、心が安らぐ。フローラはソファで丸くなって一週間眠りたい衝動に駆られ、あくびをこらえた。

そんな彼女の様子を、目ざといヴィットリオは見逃さなかった。「少し寝たほうがいい。疲れているんだから」

フローラは反論しなかった。疲れきっていたからというだけでなく、今晩起こったことのすべてを理解し、吸収したかったからでもある。

ヴィットリオがソフィアを呼び、フローラを客用の寝室に案内するよう指示した。

年配のハウスキーパーのあとについて何本もの廊下を進み、フローラがたどり着いた部屋は、ドレッシングルームとバスルームが備わった巨大な寝室だった。テレビ付きのリビングルームもある。

ソフィアはフローラに、キャリーケースが運ばれた場所と、ローブや洗面用具のある場所を教えてくれた。その女性の優しさにフローラは感激した。伯父と伯母の過保護という無菌状態で育った彼女は、この半年で今まで経験したことのない思いやりや優しさを経験した。しかも、最も持たざる人たちから。

そしてこの夜、彼らとは対照的な持てる人であるヴィットリオからも優しくされ、フローラは困惑していた。彼は、よもや助けてくれるとは思っていなかった人物だった。彼女がウエイトレスをしているのを見たら、あざ笑うか、完全に無視するだろうと思っていた。グラスの破片を拾い集めるフローラを踏み越えるに違いないと。しかし、ヴィットリオはそんなことはしなかった。それどころか彼女のために立ち上がってくれたのだ。

そして今、彼は私を受け入れている……。

フローラは頭がずきずきし始めた。ソフィアが出ていくと、彼女はスイートルームを探検し、豪華な大理石のバスルームに魅了された。さっそく裸になり、部屋と言ってもいいほど広々としたシャワーブースに足を踏み入れた。湯気が立ちのぼる熱い湯が体を流れだすと、喜びのあまりうめきそうになった。というのも、ガヴィア邸の配管はすっかり古びているために、シャワーの質はお世辞にも快適とは言いがたかったからだ。ここのシャワーは天国で、フローラは髪を洗いたいという衝動に屈した。

子供の頃、初めて彼女の髪を見た伯母は、あまりの美しさに驚愕《きょうがく》し、あえて髪がまっすぐになるよう、週に一度、スタッフに髪をドライヤーで徹底的に乾かすよう指示したのだった。

バスルームから出ると、フローラはローブに身を包み、頭にタオルを巻いた。それから、体を拭き終える前に少し休もうとベッドに横たわった。けれど、目を閉じたとたん、頭痛も忘れて眠りに落ちた。

ヴィトはテラスを行ったり来たりしていた。子犬がテラスのあちこちを嗅ぎまわっては、マーキングをしている。フローラがいないとわかると吠《ほ》え始《はじ》めたので、ヴィトは噛《か》まれる危険を冒して犬をすくい上げ、静かにさせようとした。

子犬は鼻をひくつかせながら彼を怪訝《けげん》そうに見ていたが、しばらくして腕の中で丸くなった。しかし長くは続かず、下ろしてくれと言わんばかりに身をよじった。

ヴィトの頭は混乱していた。

フローラは本当のことを言っているのか？

彼の直感は〝イエス〟と告げていた。フローラが今さら僕に会って同情を引くようなまねをするはずがない。しかも、こんなにも手の込んだことをするなんて考えられない。

彼はもともと、今夜のチャリティイベントに出席するつもりはなかった。ただ、ホテルの現状を急に知りたくなり、土壇場で翻意したのだ。

あの日フローラが彼のオフィスでどう振る舞ったかを思い起こすと、今夜ヴィトが知ったことはすべてある種の不愉快な意味を帯び、良心が苛《さいな》まれた。

夫となるはずだった僕に祭壇で待ちぼうけを食わされ、フローラは公衆の面前で恥をかかされた。そして、激怒してオフィスに飛びこんできた彼女は、僕に怒りをぶつけた。だが、立ち去るときは冷静で、すべてを失ったことなどおくびにも出さなかった。

つまり、フローラは本当にウンベルト・ガヴィアの犠牲者だったのかもしれない。だとしたら、僕は彼女を不当に扱ったことになる。

彼は子犬を下ろし、フローラの部屋に向かった。半開きのドアを押し開けると、すぐにベッドが盛り上がっているのに気づき、中に足を踏み入れた。

フローラはローブをまとって上掛けの上に横たわっていた。タオルは頭半分を包んでいるだけで、ブロンドの巻き毛が見えている。柔らかそうな胸は呼吸に合わせて上下していた。

視線を下半身に向けると、片方の脚がむき出しだった。色白で長く、すばらしい形をしている。

ヴィトは息をのんだ。のぞき見しているような気分に駆られたとき、白と灰色と茶色の小さな塊が足元を通り過ぎた。

あの子犬がフローラの匂いをたどって、ベッドに飛び乗ろうとしたが、高すぎた。

子犬はつぶらな目で懇願するようにヴィトを見た。しかたなく子犬をすくい上げてベッドにのせると、すぐさま飼い主にぴたりと身を寄せて小さな毛玉になった。

ヴィトはフローラが目を覚ます前に部屋を出て、ドアの外からまるで初めて見るような目で彼女を見つめた。

彼が予想もしなかった方法でフローラ・ガヴィアはすでに自分をさらけ出していた。一度はこれが手の込んだ策略のはずがないと信じていたが、彼はいったん判断を保留することにした。

なんでもいいから、確信できる根拠が見つかるまで。

4

フローラはこれまでに経験したことのない深く穏やかな眠りから覚めたように感じた。目を開けると、まぶしいほどに部屋の中は明るかった。ベッドのサイドテーブルに置かれていた携帯電話で時刻を確かめるなり、弾《はじ》かれたように起き上がる。その拍子に湿ったタオルが頭から落ち、フローラはうめいた。髪がどんな状態かは想像するまでもない。

もう昼食の時間だった。人生で最悪の寝坊だ。そしてフローラはヴィットリオ・ヴィターレのペントハウスの客用の寝室にいることを思い出した。

ベンジーはどこ？

フローラはベッドを出てシャワーを浴び、色あせたジーンズとTシャツを身につけた。髪を整えるのは諦め、後ろで束ねるにとどめた。

廊下を歩いてリビングルームに入ったとたん、開かれたフレンチドアの向こうから興奮した叫び声が聞こえてきた。そちらに目を向けると、スーツ姿の若い男性がベンジーにボールを投げているのが見えた。フローラに気づいた彼は顔を真っ赤にした。結婚式の日、彼女をヴィットリオのオフィスに案内した男性だった。

「ミス・ガヴィア、僕はトマーゾ、シニョール・ヴィタ－レのアシスタントです。あなたが起きたことを伝えておきます。彼はここのオフィスにいます」

ベンジーが興奮してフローラに飛びつく間に、トマーゾはそそくさと出ていった。彼女はベンジーを抱き上げた。この子はゆうべ、どこにいたの？

そのとき、ヴィットリオが部屋に入ってきた。黒いズボンに水色のシャツを着て、いちばん上のボタンを開けている。「昼食にしよう。トマーゾがベンジーを散歩に連れていってくれる」

トマーゾが再び現れ、ベンジーを連れ去った。

「ありがとう。でも、あなたのスタッフにあの子の世話を頼むのは申し訳ないわ。私たち、すぐにおいとまします」

フローラはヴィットリオのあとを追ってリビングルームから別の部屋に移った。そこはダイニングルームで、キッチンが見え、誰かが口笛を吹いている。いかにも家庭的な雰囲気が漂い、心地よかった。

ヴィットリオが引いてくれた椅子にフローラは座った。彼は向かいに座って言った。

「気遣いは無用だ。トマーゾは喜んで世話をするよ。それで、きみはどこに行くつもりなんだ？」

彼女は、ソフィアがおいしそうな匂いのするパスタを持って現れたことに気を取られ、彼の質問を聞き逃した。「ごめんなさい、今、なんと？」

「すぐにここを出ていくと言ったが、どこに行くつもりなんだ？」

とたんに胃のあたりが引きつった。行くあてなどなかった。犬を連れているので、なおさら。フローラは精いっぱい気楽な口調を心がけた。「知り合いをあたれば、どこかしら見つかるわ」

「犬も一緒に受け入れてくれるところは、あまりないと思うが？」

自分の抱える不安をはっきり突きつけられ、フローラは彼をにらみつけたくなった。「なんとかなるでしょう」パスタを一切れ、口に入れる。

「路上生活、ホステル生活、そして女性支援センターでの生活と、これまでのきみの暮らしぶりは、とうてい感心できない」

フローラは身構えた。「私は自分の持っているわずかなもので最善を尽くしてきた。ウエディングドレスは期待したほどの値段はつかなかったけれど」

「売ったのか？」

「ほかに売るものがなかったから」

ヴィットリオの顔から見る見る血の気が引いた。売春という最悪の事態を想像しているのだと気づいて、フローラは慌てて言い添えた。

「あなたが想像したような事態にはならなかったから、安心して」

「そうなる可能性もあった」彼は沈んだ声で言った。

「でも、そうはならなかった。ドレスは数百ユーロで売れ、それでなんとかしのげたの」

「あのドレスには数千ユーロの価値があった」

ヴィットリオがそのドレスを買ったのだ。

「中古のデザイナーズ・ウエディングドレス市場は、あなたが考えているほど盛況ではないのよ」

「婚約指輪はもっと高く売れたはずなのに、きみは置いていった」

フローラは彼に言ったことを思い出した。「センスがないなんて言って、ごめんなさい。本当はすてきな指輪だったわ」

ヴィットリオは食べかけの皿を押しやり、朗らかな笑いと嘲笑の中間のような声を出した。「ごめんなさい？　謝るのは僕のほうだ。路上生活を強いられるまでに、きみを追いこんだのだから」

フローラは少しもじもじした。「私がお金を持っていると思ったからでしょう」

「なぜ言わなかった？」言うなり彼は顔をしかめ、言葉を継いだ。「いや、僕のほうが聞く耳を持たなかったんだ」

「確かにそうかも」

ソフィアがやってきて前菜の皿を下げたあと、白ワインソースのチキンとベビーポテトとサラダを持って戻ってきた。フローラは、もう何カ月もろくに食べていない人のような振る舞いはしないよう努めたが、残念ながら難しかった。そして、料理を少し残してベンジーのために袋詰めにしてもいいかと尋ねるのを、なんとか思いとどまった。けれど、ソフィアは彼女の胸中を読んだかのように、フローラにウインクをして言った。

「ベンジーの分は別に取ってありますよ」

フローラは思わずソフィアに感謝の笑みを向けた。ヴィットリオ・ヴィターレの家にこんな安らぎを覚えるなんて、誰が想像できただろう。彼を見ると、まるで逮捕でもされたような顔をしていた。「どうしたの、顔に何かついているみたいに、ずっと私を見ているけれど？」

彼はかぶりを振り、咳払《せきばら》いをした。「きみに行くあてがないことは、僕たちは共に知っている」

フローラは背筋を伸ばした。「いいえ、行くところならたくさんあるわ。私は……」彼女は言葉を失った。嘘《うそ》をつくのは得意ではない。

ソフィアがコーヒーとビスコッティを持ってきた。

フローラは自分を鼓舞するために一口飲んだ。酸味のある強い液体が喉を通り過ぎる。

「それに、あなたには関係のないことよ」

「確かにそのとおりだが、あの日、きみの状況を確認せずに行かせてしまったことに、僕は責任を感じている。ウンベルトを打ち負かすことに気を取られ、まわりが見えなくなっていた。認めたくはないが、きみは彼とは無関係だった。だから今、自分の取った行動に対する責任を取りたいんだ」

フローラはいぶかった。「責任を取るって、どういう意味？」

ヴィットリオは立ち上がり、ポケットに手を入れて窓辺へと歩いていった。そして振り返った。「つまり、提案があるということだ」

フローラは緊張した。「ヴィットリオ――」

「ヴィトと呼んでくれ。僕のことをヴィットリオと呼ぶのは、怒ったときの母だけだった」

思いがけない彼の話に、フローラは胸を締めつけられた。「ああ、そうだったの……ヴィト……」彼女はためらいがちに言いながらも、そんなふうに呼ぶのはひどく親密な感じがした。「それで、提案というのは？」尋ねるなり、五感がざわついた。この男性にはなんの興味もないはずなのに。

「ウンベルトが僕にきみとの縁談を持ちかけたのは、もちろん彼自身の利益のためだが、メディアがばらまいている僕の女性関係に関する噂《うわさ》につけ入ろうという魂胆も見え隠れしていた。その噂が僕のビジネスに影響を及ぼす可能性があったからだ」

「そして、あなたは伯父の提案を逆手に取った」フローラは辛辣に指摘した。そう、ヴィトは私を不運な駒として利用したのだ。

ヴィトはうなずき、認めた。「だが、ウンベルトの計画には、彼自身の邪悪な目的とは別に、ある程度の整合性があったことは事実だ。そして、今も状況は変わっていない」

フローラは顔をしかめた。「つまり?」

「僕の……女性関係については、いまだに憶測が飛び交っている。きみを祭壇にほったらかしにしたことで、僕の評判が下がったにもかかわらず」

フローラの胸は高鳴った。「今は……恋人がいないの?」あの運命の日の直後、新聞で彼の写真を見たことを思い出した。イタリアで最も美しいと言われたモデルとイベントに出席したのだ。たちまちメディアやパパラッチの関心は、失意の花嫁から新たなビッグカップルに移り、フローラはかなり救われたのだった。

「ああ」ヴィトはうなずいた。「特定の女性はいない。きみを祭壇に置き去りにしたあと、しばらくは気軽に女性とつき合う気になれなかったんだ」

フローラの愚かな心臓が跳ねた。「私には関係のないことよ」

「確かに」

「それで?」

「提案というのは、僕ときみがよりを戻したらどうかということだ」

「でも、私たちが一緒にいたことは一度もないわ」

「そのとおりだが、そんなことはどうでもいい。僕たちが一緒にいるところを目撃されれば、きみの名誉は回復するし、僕の私生活も取り沙汰されなくなるだろう」

「私たちの結婚がビジネス上の取り引きであることは公然の秘密と言ってよかったのに?」フローラは指摘した。教会から去る人たちのささやき声が今も耳にこびりついていた。

〝もちろん、彼はガヴィアのような卑劣な一族の女と結婚するつもりはなかった。ヴィットリオ・ヴィターレのような男には本物の淑女がふさわしい〟

その言葉がフローラを奮い立たせ、彼のオフィスに足を向けさせたのだった。

「だが、今度も同じだと言いきれる者がいるだろうか？」ヴィットは反論した。「今度は本物の関係だと思わせることは可能なんじゃないか？」

その大胆な考えに、鳥肌が立った。もちろんヴィトは本気ではないだろう。フローラはかぶりを振りながら尋ねた。「でもなぜ、よりによって私なの？　メディアを黙らせるのが目的なら、ほかに相手はいくらでもいるでしょう。あなたは私を憎んでいる」

ヴィトは首を横に振った。「きみじゃない。憎んでいるのはきみの伯父だ」

フローラは眉根を寄せた。「だけど、あなたが私と一緒にいることが公になったら、伯父は得するんじゃないかしら」

「いや」ヴィトは即座に否定した。「どちらかと言えば、ウンベルトはさらに追いこまれるだろう。彼には僕に近づく勇気はないよ」

その言葉に、ヴィットリオ・ヴィターレの怖さを見た気がして、フローラはわずかに震えた。

「そう……考えてみる必要がありそうね。伯父のもとを離れ、私は自分の人生を少しばかり切り開いてきた。あなたから見れば大したことではないでしょうが、私は未来に希望を抱いている。私とベンジーは生き残ってみせる」

「僕はその手伝いを申し出ているんだ」

「具体的にはどうやって？」

彼の目に、フローラの気に入らない表情が浮かんだ。訳知りで、皮肉っぽく、疲れたような表情が。

「逆にきくが、きみは何を望んでいるんだ？」

フローラは頭が真っ白になった。彼女が望んでいたものは、ある意味、すでに手に入れていた。それは伯父からの自由、自分の人生だ。彼女は曲がりなりにも自分で生計を立てていることに満足していた。

「金か、フローラ？」

彼女は目を細くしてヴィトを見た。彼のあからさまな問いに、フローラの中で反骨心が頭をもたげ、彼自身が仕掛けてきたゲームに乗ることにした。

「図星よ。私が欲しいのはお金よ、ヴィト。誰だってそうじゃない?」

ヴィトは自分がなぜ失望したのかわからなかった。結局のところ、フローラ・ガヴィアもほかの女と同じく、自分の懐を肥やしたかったのだ。そして彼は、彼女が望むものをまさに提供しようとしていた。

フローラにまんまと操られたのかどうか、ヴィトはまだ確信を持てずにいた。彼女が厚かましくも金が欲しいと言っている今でさえ。

だが、彼女の何かが彼をとらえた。目だ。まるであざ笑うかのような、あるいは同情しているかのようだった。その瞬間、ヴィトは自分のすべてがさらけ出されたような脅威を感じた。

「きみは何を企《たくら》んでいるんだ、フローラ?」

ふいに彼女は立ち上がった。ジーンズにTシャツという格好の彼女は小柄だが、薄手のトップスの下にある曲線を、ヴィトは強く意識した。結婚式の日に気づいた細いウエスト、はち切れそうなヒップ、豊かな胸のふくらみ……。

今さらながら、ヴィトは自分が間違いを犯したことに気づいた。僕を惑わすこの女性とあの忌々しい子犬は放っておくべきだったと。

「私はあなたを信じることができない」フローラは言った。「あなたは私が今まで会った中で最も冷笑的な人よ。私の伯父よりもひどい」

今やヴィトの顔は石のようだった。「フローラ、誰にでも私利私欲はあるものだ。どんなに認めたくなくても」

フローラは否定しようとしたが、思いとどまった。

自分が性急すぎたのかもしれないと反省したからだ。

ヴィットリオ・ヴィターレは世界有数の大富豪だ。彼にできることはたくさんある。だったら、彼の力を利用したっていいのかもしれない。

「もし私が何かを望むとしたら、それは私自身のためでなくてもいいのかしら？」

彼は顔をしかめた。「たとえば？」

「今はまだわからない」

ヴィトは肩をすくめた。「それはきみが決めることだ。条件はつけない」

私が彼とよりを戻したふりをすれば、彼はどんな代償もいとわないということ？　そんなことはありえない。笑いそうになったそのとき、フローラは伯父と伯母のことを思い出した。彼らは姪《めい》の財産を略奪した。彼女が愛する両親の遺産のすべてを。

そして、ヴィットリオ・ヴィターレは伯父夫婦と同じ世界の人間だ。すべてが金と権力と利権でまわっている世界の。彼は、両親を死の淵《ふち》に落としたフローラの伯父に復讐《ふくしゅう》すると誓い、その過程で巨万の富と権力を手に入れた。

そう、復讐がヴィトの動機だった。とはいえ、再会してからは、結婚式の日に彼女を捨てた冷酷な男とは思えない一面を見せている……。

フローラの頭はめまぐるしく回転していた。

「ちょっと考えさせて。散歩がてらトマーゾを見つけ、あなたのもとに送り返すわ。私の犬の散歩より大切な仕事があるでしょうから」

ヴィトが何か言う前に、フローラは部屋を出ていった。いくら欲しいのか、彼女がすぐに答えなかったことが信じられなかった。

仕事仲間にしろ、女性にしろ、常にヴィトからいくら引き出せるかを計算している。そのため、彼にとってはフローラの振る舞いはきわめて新鮮だった。

そのことが彼を少しばかり不安にさせた。

もしフローラに提供できるものが何もなかった場合、それでも彼女はここにいてくれるだろうか？

そのことがなぜ急に重要な問題になったんだ？心の声が問う。なぜなら、おまえは彼女に興味をそそられ、彼女を求めているからだ。教会の祭壇に放置した女を。この半年間、おまえは彼女のことを忘れたことがなかった。そうだろう？

ああ、確かに。ヴィトは認めた。今の状況は前代未聞だった。彼はこれまで、女性を追い求めたことも、関係が長く続くよう願ったこともなかった。というのも、彼の関心は常に、ビジネスを発展させ、ウンベルト・ガヴィアを打ち倒すことにあったからだ。

しかし今、ヴィトはフローラを求めていた。たとえ犬が一緒でも、考え直す気はなかった。それほどまで彼女に飢えていた。

幻となったフローラ・ガヴィアとの結婚式の日、ヴィトは世界的なモデルと出かけた。ウンベルト・ガヴィアと世間に対して、自分の勝利をアピールするために。だが、その夜のデートは大失敗だった。彼は気が散っていたうえ、今となっては名前すら思い出せないモデルに少しも魅力を感じなかった。

そして、彼のオフィスを飛び出したときのフローラの苦境を考えると、胸が痛んだ。

あの日以来、ヴィトは仕事と社交に明け暮れる生活が、空疎に感じられるようになった。彼はそれを、ガヴィアを打ち負かすという目標を達成した反動だと考えていた。

ところが、フローラ・ガヴィアを再び目にしたとたん、彼の中で何かが脈打った。欲望と飢えが。

それを引き起こしたのがよりによってフローラであることは、まったく歓迎できなかった。しかし、たとえ彼女が何かを企んでいたとしても、こちらの準備は万全だ、と自分に言い聞かせた。予期していなかったわけではないと。

ヴィトは思い出した。結婚式の日、フローラがウエディングドレスを着てオフィスに現れたとき、彼女に魅せられたことを。それまでは、気が散るのを嫌い、意図的に彼女の魅力に目を向けまいとしていたことも。

今、ヴィトは気が散っている。そして、少なくとも彼にはフローラに聖域を与える義務があると彼女を納得させるためなら、なんでもするつもりだった。それ以上のことについては……見つめるたびに彼女が顔を赤らめるのを、彼は知っていた。

二人とも大人だ。もしフローラが僕と同じく渇望に苛《さいな》まれていることを認める覚悟があるのなら、この聖域の申し出は、お互いにもっと満足のいくものになる可能性を秘めている……。

ヴィトは自宅内のオフィスに戻った。いくつか電話をかけたあとでノックの音がしたので顔を上げると、フローラが子犬を抱いてドア口に立っていた。

彼は立ち上がって言った。「どうぞ。何か飲み物を持ってこさせようか？」

フローラは中に入ってきて、デスクの前に立つと、頭を振った。髪の一部がお団子からほどけ、巻き毛となって顔を縁取る。

ヴィトは改めて、なぜ今に至るまで彼女の魅力に気づかなかったのか不思議に思った。

彼女はベンジーを床に下ろした。子犬が部屋の中をうろつき、あちこちの匂いを嗅ぎ始めると、彼女は口を開いた。「あなたの提案について考えてみたの」

ヴィトは思いがけず緊張しながら続きを待った。

彼女が何を言うか見当もつかなかった。

「ここにとどまることに決めたわ。私たちが一緒にいるように見せるという計画に同意します。そうすることで、私はある種の尊厳を取り戻し、恩返しをする機会が得られると思うから」

「恩返し……どういう意味だ？」

「女性支援センターに多額の寄付をしてほしい。彼女たちは多額のお金を必要としている。新しい施設も。大変なお願いだとはわかっているけれど……」

「わかった。そうしよう」

フローラは目を見開いた。「つまり、寄付をして、新しい施設を手に入れるのを手伝ってくれるということ？」

ヴィトは肩をすくめた。「僕はすでにいくつもの慈善団体を支援している」

「だけど、何百万ユーロにもなるかもしれないのよ？」

「センターはそれを必要としているんだろう？」

「ええ。でも、まさかあなたが同意し、これほどの大金を提供してくれるとは思っていなかったの」


「きみの気を引こうとしたのかもしれない」

フローラの顔が赤らむのを見て下腹部がうずき、ヴィトは気を引き締めた。

「でも、私はあなたに惹《ひ》かれてここにとどまると決めたわけじゃない。あなたがすてきな人であることは認めるけれど」

ヴィトの関心を利用しようとしないフローラの毅《き》然《ぜん》とした態度に驚きを禁じえず、彼は興味津々で尋ねた。「だったら、きみ自身は何が欲しいんだ？」

彼女は首を横に振った。「私は本当に何もいらない……いえ、ベンジーの獣医代は必要だけれど、その分は返せるときに返すわ」

「犬、それに女性支援センター。きみは何もいらないのか？」

「ええ、もともと何も持っていなかったから……。伯父は私に家を与え、家庭教師を雇った。だから、そのために伯父は私の相続財産を使ったのだと信じていた。今はもちろん、真相を知っている。でも、彼を恨む気にはなれない。お金はなくなり、結局はその報いを受けたのだから。同情の念は少しも湧かないけれど」

「だが、きみの将来はどうなる？」

フローラは恥ずかしそうに言った。「グラフィックデザインの勉強がしたい。以前から興味を持っていて、女性支援センターの新しいロゴをつくるのも手伝ったのよ」

「受講の費用なら、僕が払う」

フローラはまたも首を横に振った。「私にとっては自立することが大切なの。これまでの人生はずっと伯父の保護下にあった。伯父は私を引き取って世話をしていることをいつも恩着せがましく言っていたわ」

「きみの金を横領しながら」ヴィトは指摘した。

「ええ、そうね。でも、もし受講するなら、費用は自分で払いたい。そして仕事を見つけ、自分の道を切り開く。もしかしたら、推薦状とかで、あなたの力を借りるかもしれない」

ヴィトにはよく理解できなかった。フローラはゲームに興じているのか？　だとしたら、あまりに長いゲームだ。僕が彼女の伯父とやったゲームのように。

だが、彼は直感的に答えを知っていた。ここにゲームの要素はないと。

一瞬、ヴィトは足元の床が揺れたように感じた。体を支えるために何かにつかまらなければならないかのように。しかし、手の届くところにあるのは彼女の体だけだった。

ヴィトはデスクの上に紙とペンを置き、フローラのほうに押し出した。「女性支援センターの連絡先を書いてくれ。僕のスタッフに連絡を取らせる。話し合いの場を設け、センターを助ける最善の方法を見つけるだろう」

脚から力が抜けたかのように、フローラは椅子に腰を下ろした。「なんてすばらしい。ありがとう」彼女は連絡先を書いてから、紙を押し返した。

ヴィトは胸に何かなじみのないもの——輝かしさと温かさがあふれるのを感じた。そして眉間にかすかにしわを寄せ、ためらいがちに言った。「それで……僕たちが一緒にいることをどうやって世間に示せばいいかな？」

フローラは呆然《ぼうぜん》としていた。ヴィトがこんなに早く、そして寛大にこちらの要求を受け入れるとは想像もしていなかった。なるほど、彼は裕福に違いないが、これほど気前のよいお金持ちにお目にかかったのは初めてだった。

彼はテーブルの端に腰を下ろした。視界に入った彼の腿に視線を向けないよう、フローラは注意を払わなければならなかった。


彼女が答えずにいると、ヴィトは続けた。「一緒に社交イベントに出席しよう。そこで写真を撮られれば、必然的に世間に二人の仲が知られることになる。結婚式が中止されたあと、僕たちは再会してよりを戻し、ビジネス上の便宜結婚の灰の中から本当の関係が芽生えたということにすればいい」

「まるでずっと前から考えていたような口ぶりね」フローラは皮肉った。

ヴィトは軽く肩をすくめた。「メディアの関心は高いだろうから、それなりに準備する必要がある。だが、念のために言っておくが、これはきみの伯父との仲直りや関係の修復とはなんの関係もない」

伯父に対してかすかな後ろめたさを感じたが、フローラはそれを押しつぶした。彼は彼女の心配や同情に値しない。

フローラの父は、兄のビジネスのやり方が気に入らず、兄から逃れるためにイタリアを離れた。フローラが伯父のもとで暮らす羽目になったのは、死亡事故などという悲劇が自分たちに降りかかるとは夢にも思わなかったからにほかならない。不幸なことに、伯父が唯一の近親者だった。

そして、姪を保護するという伯父の慈悲深さがとんでもない嘘だったとわかったのは、この半年ほどのことだった。

「ええ、わかったわ」フローラはヴィトの言ったことに無理やり意識を向けた。「それで、私たちは復縁したと見せかければいいわけね……でも、本当のカップルじゃないのに、みんなをうまく欺けるかしら？」

ヴィトの目がきらりと光り、フローラの肌をざわつかせた。

「だから、僕たちは極力、本物のカップルに見せかけなければいけない」

「どうやって？」

ヴィトが立ち上がり、デスクをまわって彼女のそばに来た。そして手を差し出した。心臓がどきどきし、フローラは怪訝《けげん》そうにその手を見た。

「ただの手だよ、フローラ。嚙《か》んだりしない」

確かにそうかもしれない。けれど、自分の手を彼に握らせるという行為が、急に大胆に思えた。それでもフローラは手を上げ、彼の手のひらに滑りこませた。次の瞬間、ヴィトは彼女を引っ張って立ち上がらせた。

いつからヴィトは、体が触れ合うほど近くにいたのだろう？　今やフローラの鼻は彼の匂いしか嗅ぎ取れなかった。麝香《じゃこう》と木の香りが入りまじった、男性的でスパイシーな匂い。目を閉じて思いきり吸いこみたいという衝動を、彼女は必死に抑えた。

彼と視線を合わせるにはフローラは顔を上げなければならなかった。ヴィトは彼女よりずっと背が高く、自分が信じられないほど小柄になったような気持ちにさせる。彼の視線が口元に留まると、唇がひりひりし、思わず喉をごくりと鳴らした。

「何をするつもり？」体中に広がる気だるさを断ち切ろうと、フローラは尋ねた。

「僕たちがどうすれば親密に見えるか試しているんだ」

「ああ……」フローラはぼんやりと応じた。突然、脳が機能停止状態に陥ったようだ。

「ほら」ヴィトが言った。「そんなふうにどぎまぎする必要はないということだ」

ヴィトが片方の手を上げたかと思うと、フローラの髪が解き放たれ、肩のあたりに落ちた。彼は長い髪に指を通しながら彼女を見つめた。

「実のところ、僕たちはどちらもふりをする必要はないと思う」

彼の目を見返したとたん、フローラの心臓が止まった。そこには明らかに欲望の火がくすぶっている。間近に見ると、瞳の中に小さな金色の斑点が見えた。

彼は私を求めている……。

そう認めるなり、フローラの下腹部に熱が積み上がり、脚の付け根がたちまち湿り気を帯びた。

ここは威厳を保たなければならないとフローラにはわかっていた。ヴィトはただの演技上手で、私も彼を求めていると思わせているだけなのだ。私が彼に惹かれるはずがない。

フローラの顎を持ち上げ、ヴィトが顔を寄せてくると、彼女のあらゆる部分が期待に震えだした。そして、その固くてセクシーな口が彼女の口に触れた瞬間、フローラはもう引き返せないと悟った。ヴィトは彼女を内側から焼きつくしていく。こんな感覚は初めてだった。

彼の手がフローラの背中にまわり、彼女を抱きしめた。彼に心を開くよう促すかのように。同時に、彼の舌が彼女の舌を絡め取り、その瞬間、焼けつくような熱さが彼女の身を内側から焦がした。

　フローラは、陶然としてめまいのするような感覚に溺れた。時間は止まり、存在するのは彼のキスが紡ぎ出す快感だけだった。

　つかの間ヴィトが口を離すまで、フローラは自分が彼の腕にしがみついていることにさえ気づかなかった。脳に酸素が行き渡ると、彼女は目を開け、ヴィトの上腕を握りしめていた手の力を緩めた。そして何が起こったのか理解しようとした。ヴィトは目を輝かせて彼女を見ていた。

　そのとき足元でうなり声があがり、フローラは視線を落とした。ベンジーがヴィトをにらみつけている。彼女は身をかがめて子犬をすくい上げると、一歩下がって、ついに言った。

「あなたの言ったこと……よくわかったわ。今のキスにはとても説得力があった。あなたのことをよく知らなかったら、本当に私にキスをしたかったと思ったかもしれない。もっとも、キスをされたことがないから、違いはよくわからないけれど」

　ヴィトは顔をしかめた。「僕は別にきみを説得しようとしたわけじゃない。今のは本気のキスだ。きみが欲しい。僕たちの間に流れている電気は桁外れだ」

　胃がすとんと落ち、脚から力が抜けそうで、フローラはやっとの思いで応じた。「ええ……そうかも。それって好都合よね？」ヴィトを盗み見ると、彼は眉根を寄せていた。

「ちょっと待って……今きみは、キスの経験がないと言ったな？　きみは無垢《むく》なのか？」

　フローラの顔が熱くなった。腕の中でもがくベンジーを床に下ろす。ヴィトは私の未熟さに気づいたのだ。今さら嘘をついても無意味だ。「ええ、そのとおり。私はバージンよ」

5

ヴィトは信じられないと言わんばかりの顔をした。彼の世界では、バージンはユニコーンと同じくらい神話的な存在なのだろう。

「だが……いったいどうして……」

フローラは自分を守るかのように、我が身を抱きしめた。「私は箱入り娘、いいえ、籠の鳥も同然だった。私は自宅で教育を受け、学業を終えたあとも、伯父は私を家に縛りつけ、伯父と伯母が催すパーティの手伝いをさせたがった」

「出ていくこともできただろうに」ヴィトが言った。

「確かに。でもなぜか、そのことを口にするたびに、伯父はいつも、私が恩知らずであるかのように罵った。そして、私が遺産について尋ねると、遺産を増やすべく株や事業に投資していると言った。そんなとき、あなたとの結婚が決まり、私は初めて、道が開けた気がしたの。結婚することで伯父に借りを返し、出ていけるって」

ヴィトは一歩あとずさりした。「これで何もかも変わった。きみとは一緒にいられない」

フローラは愕然《がくぜん》とし、女性支援センターのことが心配になった。「約束を反故《ほご》にするつもり？」

「もちろんそんなことはしない。だが、二人で公の場に出る必要はなくなった。不必要な詮索はされたくない」

フローラは理解に苦しんだ。「でも、あなたは今、私が欲しいと言ったでしょう？」

「そうだ。欲しくてたまらない。こんなにも女性を求めたことはない」ヴィトは激した口調で言った。

フローラは安堵《あんど》したが、それは屈辱以外の何ものでもなかった。それでも、きかずにはいられなかった。「だったら……何が問題なの？」

ヴィトは歯を食いしばった。「僕はバージンとは寝ない。きみの最初の恋人にはなれないんだ、フローラ。そして、きみがそばにいたら、きみに触れずにはいられない。行き着く先は僕のベッドだ」

フローラの脳裏に、彼のベッドで裸の手足を絡め合わせている二人の姿が浮かんだ。彼女はかぶりを振ってその光景を追い払い、精いっぱい平静を装った。「私がそんなことを許すと思うなんて、ずいぶんうぬぼれているのね」

ああ、私は誰をからかっているの？　フローラは身のすくむ思いがした。ヴィトにキスされただけで、彼の胸に飛びこもうとしていたのに。

「きみは僕の誘惑に抵抗できなかった。つまり、自制心を失っていたんだ。僕と同じく」

自分がこの男性を翻弄し、自制心を失わせることを考えると頭がくらくらしたが、フローラは無理やり情報を分析して尋ねた。「バージンのどこがそんなに気に障るの？」

また歩きまわっていたヴィトはその問いかけに足を止め、彼女のほうに顔を向けた。「僕はきみの最初の相手としてふさわしい男ではない、フローラ。今の僕たちはお互いを求め、望んでいるものを手に入れることはできる。だが、それ以上のことは約束できない。きみには、きみを心から大切にしてくれる優しい人こそがふさわしい」

フローラはうなり声をあげたくなった。彼女の中では炎が燃えていた。ヴィトが焚《た》きつけた炎が。彼女は優しい人など望んでいなかった。目の前の男性だけを求めていた。キスだけで彼女を破滅させた男性を！

「あなたが私をそんなに高く評価しているなんて知らなかったわ」彼女は嘲笑気味に言い募った。「もし私がバージンでなかったら？」

「こんな話はしていない。今頃はベッドの中だ」

フローラは身を震わせた。「それで、これからどうなるのかしら？」

「約束どおり、僕は女性支援センターの手助けをする」

「あなたの大切な評判はどうなるの？」

ヴィトの顎の筋肉がこわばった。「耐えるしかないだろうな」

「でも、私の代役を務めてくれる女性はいくらでもいるでしょう。バージンでない女性たちが。不思議なのは、なぜこれまで適切な女性を選ばなかったのかということよ。なぜ私なの？」

なぜなら、偽りの関係を演じたいと思うほど魅力的な女性がいなかったからだ。フローラと再会するまでは。そう、彼女が僕をその気にさせたのだ。

だが、彼女を手に入れることはできない。ヴィトには、バージンは相手にしないというルールがあるからだ。バージンは感情的になる危険性が高い。彼は感情面での愛着を求めていなかった。

感情的な高まり、愛着の先には、喪失と悲しみと痛みが待ち受けている。両親を失ったあと、ヴィトは誓った。もう二度と誰も心の中に入れないし、こちらからも近づかない、と。そして実践してきた。これからも変わることはないだろう。

妻も家族も欲しくなかった。再びすべてを失う気はなかった。ヴィトは一度、悲しみの灰の中から立ち直ったが、二度目は無理だとわかっていた。

頭の中では、再びかつてのような喪失感に見舞われることはないとわかっていたものの、そうならないという保証があるわけではなかった。むろん、その危険を冒す覚悟はなかった。

ヴィトにはビジネスがある。それで充分だった。

ヴィターレの名を、粗雑な労働慣行や腐敗の代名詞から崇敬の対象へと変えることが彼のライフワークだった。

「この話はもう終わりだ。きみが望むなら、立ち直るまでここにいてもかまわない。だが、僕たちの関係はそこまでだ」

「ルームメイト?」

「基本的には」

こちらをじっと見つめるフローラの目に、彼女と出会って以来初めて、ヴィトは打算的なものを見た。しかし、それはすぐに消えた。

フローラは身をかがめ、ベンジーをさっと抱き上げた。「できるだけあなたの邪魔をしないよう、ひっそりしているわ。私がここにいることに気づかないくらいに」

そう言って部屋を出ていくフローラを、ヴィトは黙って見送った。手を伸ばして彼女の髪をつかんで引き戻したいという衝動を抑えこんで。

その日の夜遅く、ヴィトは退屈なビジネスディナーを終えて帰宅の途に就いた。あのキスが何度も脳裏をよぎり、気が散っていらだたしい一日だった。あれはおそらく彼が経験した中で最も純真なキスでありながら、最も彼を燃え上がらせたキスだった。

ペントハウスに戻ると、人の気配はなかった。フローラは子犬と一緒にもうベッドに入ったのだろう。ソフィアも今日は休みを取っていて、不在だった。

ヴィトはウイスキーをたっぷりとグラスについで、いっきに飲み干した。酒が喉と胃を焼きつくし、フローラにまつわる妄想をかき消してくれるのを期待して。

窓辺に歩み寄り、ローマの夜景を眺める。この風景を見るたび、自分がどれほどの成功を収めたかを実感し、ヴィトは元気づけられた。ついに、父親の無念を晴らし、誇り高い家名を復活させたのだ。

　しかし今、ある疑問が湧いた。資産と家名は、それを継ぐ者がいない場合、なんのために維持するんだ？

　窓に映る自分の姿と忍び寄る陰湿な疑念に、ヴィトは眉をひそめた。彼はなんのしがらみもない人生に満足していた。そして今日、分別を働かせて、その人生を脅かす危険な相手から離れた。フローラから、純真《じゅんしん》無《む》垢《く》な女性から。

　ふと、視界の隅を銀色の閃光《せんこう》がよぎり、ヴィトは緊張して振り向いた。「フローラ、きみか？」

　しばしの間をおいて廊下から声がした。「ええ、私よ」

「何をしているんだ？」

「外出するの」

　ヴィトは顔をしかめ、グラスをテーブルに置いた。ドアまで足を運び、応接室に続く廊下をのぞきこんだ。そのとたん、我が目を疑った。フローラ……だが、彼女ではない。別人だ。

　脳が溶け、全身が炎に包まれる。彼はしわがれた声で尋ねた。「なんだ、その格好は？」

　全身が震えていたが、フローラはヴィトの反応にひるみはしなかった。着ているドレスが大胆なことは自覚していた。むしろ大胆だからこそ、そのドレスを選んだのだ。シェルターの女性から、そろいの十センチのハイヒールと一緒に贈られたもので、フローラは礼儀として受け取った。

　しかしこの夜、フローラはそのドレスが自分に必要なものだと気づいた。

　バージンを捨てるために。

　このドレスでもそれが不可能なら、いっそ貞潔の誓いを立てたほうがいい。ヴィトはさっき、私に挑戦状をたたきつけた。そのことに彼は気づいていないかもしれないけれど。フローラは自分の純潔が足《あし》枷《かせ》になっていることに気づいていた。愛のない環境で育った彼女は、ロマンティックな幻想など抱いていなかった。これはあくまで現実的な決断だった。ヴィトが欲しかった。だから、その障害となるものを取り除く必要があった。

「すてきなドレスでしょう？」そう応じながらも、フローラの体は震えていた。実際はドレスというより、ただの布切れだった。細いストラップと深いVネック。布地には何百もの小さな銀色のメダリオンが縫いつけられていて、息をするたびに揺らめき、輝いた。ブラジャーをつけることができないので、彼女は薄い生地の下にある胸を強く意識した。

ドレスの丈は腿の上部までしかなく、かろうじて下半身を覆っているにすぎない。

ヴィトの目は今にも飛び出しそうだった。「そんなのはドレスじゃない。罪深い誘惑だ」

彼の反応はフローラを興奮させた。「よかった。それこそ私が期待していた感想よ」

ヴィトは顔を上げて彼女と目を合わせた。「どういう意味だ？」

「私のバージンがそんなに邪魔なら、捨ててしまおうと思って。あなたが私の最初の男性になってくれないのであれば、代わりの人を見つけるまでよ。今日、あなたのおかげで気づいたの、純潔を私の足枷にしてはいけないって」そう言って、フローラは体の向きを変えて立ち去ろうとした。ばかげたハイヒールのせいで転んだりしないよう注意して。

そのとき、背後でヴィトの声があがった。「どこへ行くつもりだ？」

「〈ディアブロ〉よ」振り向かずにフローラは答えた。「街でいちばんのナイトクラブだと聞いたわ」

「入店するのにいくらかかるか知っているのか？」

クラブについて得た情報――スタッフが充分に魅

力的だと認めた客は無料で入店を認められるという情報に基づいて、フローラは答えた。「たぶん問題ないと思うけれど？」

「あのクラブには鮫《さめ》がうようよしている」

フローラは玄関ホールでやっと振り返った。「よくご存じのようね」彼女は侮辱するつもりで言ったのではなく、単に事実として言った。

ヴィトは険しい表情を浮かべて彼女に近づきながら言った。「フローラ、あの店に行っても、きみが望んでいるような男は見つからない」

「あなたは私がどんな男性を望んでいるか、知らないでしょう」私が欲しいのはあなたよ、ヴィト。

フローラが専用エレベーターのボタンを押したとき、彼は憤然として言った。

「こんなの、ばかげている」

エレベーターのドアが開くと、彼女は乗りこみながら言った。「まあ、見ていて」

6

ヴィトはストロボに照らされた暗く退廃的な空間に入った。音楽の重低音は骨まで響いたが、彼はまったく気づかなかった。きらびやかなドレスに身を包んだ女性を捜すことしか頭になかったからだ。

「やあ、ヴィト！」

誰かから声がかかったが、無視した。

ダンスフロアは客でごった返していて、無数の体が音楽に合わせてしなやかに動いている。今のヴィトには誘惑と罪と退廃の極みにしか見えなかった。

そして、捕食者でいっぱいだった。かつてのヴィトのような。

近づいてきた女性を追い払ったとき、銀色の閃光《せんこう》が彼の目をとらえた。フローラだ。ダンスフロアの端で男たちに囲まれている。当然ながら、彼女は入店を許されたのだ。彼女の入店を拒む用心棒などこの世に存在しないだろう。フローラはスパークリングワインの繊細なフルートを持ち、男の一人が言ったことに笑っていた。だが、ヴィトの目には彼女がくつろいでいるようには見えなかった。

ふいにフローラが顔を上げ、男たちの頭越しにヴィトを見た。彼女はグラスを彼に向かって掲げ、いっきに飲み干すと、空になったグラスを一人の男に渡し、別の男の手を取ってダンスフロアに導いた。

男はまるですべての幸運をつかんだかのようにはしゃいでいる。ヴィトはその男を殺したくなった。だが、手すりを越えてダンスフロアに飛びこむのは控え、階段を下りた。

彼の血は音楽に合わせて〝僕の女、僕の女〟と繰り返し歌っている。もはや良心などすっかり忘れていた。フローラのドレス姿を見た瞬間、彼の良心は砕け散ったのだ。今は彼女を自分のものにすることしか頭になかった。

フローラは飲み物を一息に飲み干したあと、少しめまいを感じていた。そして、ヴィトの姿を認めたとき、無謀にも挑発したくなった。

自分を箱の中に閉じこめようとする男たちに、フローラはうんざりしていた。最初は伯父の邸宅、次はヴィトの豪華なペントハウス。彼女は今を生きたかった。貪られたかった。唯一の問題は、貪られたいと彼女が思った男は、彼女をベッドに組み伏せるのではなく、このクラブから引きずり出して説教をする可能性のほうが高いということだった。

フローラがダンスフロアに引っ張り出した男は今、彼女の前で精力的に踊り、その貪欲な視線は彼女の胸に注がれていた。彼女は弱々しくほほ笑んだ。

ところが突然、相手の男の姿が消えたかと思うと、代わりに彼より長身で体格がよく、よりダイナミックな男が現れた。ヴィトだ。

フローラは固まり、息をのんだ。ヴィトの顔は険しく、目の中で炎が燃えていた。彼女は腰に手を当てて言った。「帰らないわよ」

「いや、きみは帰る」

「いいえ、帰らない。私は今夜、初体験をすませるの。邪魔をしないで」

「きみは今夜、僕以外の誰ともセックスをしない」

音楽は耳をつんざかんばかりだったが、それでもフローラは彼の言葉を聞き取った。とたんに心臓が早鐘を打ちだす。「今、なんて言ったの？」

ヴィトは彼女の腰に手を添えて引き寄せた。「聞こえたはずだ。今夜、きみとセックスをするのは僕だと言ったんだ。きみが欲しい、フローラ」

彼の手が背中にまわり、素肌に触れると、フローラの下腹部が熱くなり、脚の付け根が湿り気を帯びた。「でも、あなたは私の最初の相手にはならないと断言したでしょう」

「考え直したとだけ言っておく」

ヴィトは彼女の手を取ると、手のひらの内側に口を押しつけて舐《な》めた。たちまち膝からくずおれそうになったフローラを彼はしっかりと支えて続けた。

「さあ、帰ろう」

彼女の手を取ってダンスフロアの外へといざなうヴィトに、フローラは抵抗した。「あと一曲だけ、お願い。ナイトクラブに来たのは初めてだから」

ヴィトの顔に驚きの色が浮かんだが、すぐにうなずいた。「わかった。一曲だけ」

二人はダンスフロアに戻った。

生まれて初めて、この世にいる唯一の女性であるかのように見つめる男性の前で、フローラは下手なダンスを踊りながら、若さと自由を感じた。生きているという実感。男性に見られているという喜び。体のあちこちで欲望が弾《はじ》けた。フローラは彼を見上げた。「帰る準備ができたわ」

帰途の車内は静寂に包まれていた。ヴィトの自信に満ちたハンドルさばきに、フローラは感心しきりだった。その手がまもなく彼女にすることを考えると、いっそう魅了された。

ヴィトが建物の前で車を止めると、駐車場へと車を移すためにコンシェルジュが出てきた。ヴィトの横顔をこっそり見ると、彼の眉間にはまだしわが刻まれていて、フローラは不安に駆られた。

「ヴィト、もし気が変わったのなら……」彼に鋭い視線を向けられ、彼女は口を閉ざした。

「人生でこれほど確信を持ったことはない」

フローラは乾いた唇を舐めた。「それって……どういう意味？」もし彼が気が変わったと言おうとしているのなら、彼女はタクシーを拾ってクラブに取って返すつもりだった。

「フローラ、きみの最初の恋人は僕だ。きみは僕のものだ」

彼の独占欲に満ちた宣言に、フローラは興奮のあまり身を震わせた。「私は……それでかまわない」

ヴィトは車から降り、キーをコンシェルジュに渡したあと、フローラが降りるのに手を貸した。そして彼女の手を握り、エレベーターへと導いた。ドアが閉まるやいなや、フローラは靴を脱いで拾い上げた。「なぜこんな靴を履くのか理解できないわ」

最上階に着いてエレベーターを降りると、ヴィトは彼女の手から靴を奪い、脇に投げ捨てた。続いてフローラをエレベーターの横の壁に押しつけ、彼女の頭の両側に手をついた。その瞬間、空気がちりちりと焼けるような音をたてた。あるいは、その音は彼女の内側で生じたのかもしれなかった。

「もし今夜のきみの行動が、僕の考えを改めさせるためだとしたら、おめでとう、きみは成功した」

フローラは顔をしかめた。私は彼が追ってくるのを期待していたのだろうか？　いいえ、私が考えていたのは、バージンを失えばヴィトに抱いてもらえるということだけだった。

「私は……ただバージンを捨てたかっただけ。そうすれば、あなたと……」

「愛し合えると？」

彼が理解してくれたことにほっとしながら、フローラはうなずいた。彼の口元を見て続ける。「もう話はやめにしない？」

その問いかけに、ヴィトはキスで答えた。その激しさにフローラは膝ががくがくし、両手で彼のシャツをぎゅっと握りしめた。ヴィトの手は彼女の顔に、髪に、そして背中へと、奔放に這《は》いまわった。

じっとしていられず、フローラはうずく脚の付け根を彼に押しつけた。すると、彼は身を引いてぴしゃりと言った。

「ここではだめだ」そう言うなりフローラを抱き上げ、廊下を進んで寝室へと向かった。

「待って！　ベンジーが……」

しかし、ヴィトは足を止めなかった。「大丈夫だ、ダミアーノに頼んで、今夜は警備員室で預かってもらうことにした。明日の朝、迎えに行けばいい」

本当に二人きり。誰かに邪魔される心配はない。ヴィトは私にとって初めての恋人になるのだ。

そしてフローラは、今夜の彼の痕跡が消えないことをすでに知っていた。しかも致命傷になるに違いない。けれど、そんなことは気にしなかった。彼女は飢えていた。最近までその存在すら知らなかった欲望のとりこになっていた。

寝室に入ると、ヴィトは彼女を床に下ろした。

「きみを見たい」

フローラは内心震えた。こんな無防備な気分のときに、自分をさらけ出すわけにはいかない。「あなたが先よ」

ヴィトはいささかも躊躇《ちゅうちょ》しなかった。すばやくシャツを脱ぎ、彼女がたくましい胸筋を愛《め》でる間もなく、ズボンを引き下ろして、蹴り飛ばした。

今や、彼が身につけているのはブリーフだけだった。そのあからさまなふくらみにフローラは魅了された。それもつかの間、彼が最後の一枚を脱いで欲望のあかしを解放すると、フローラの下腹部はきゅっと締まった。

無意識のうちにフローラはヴィトの胸に触れた。彼の肌は温かく、黒々とした体毛が胸筋を覆っている。体毛は腹部から一本の筋となって脚の付け根まで続いていた。そして、固く力強い腿に引き締まったウエスト。彼は脅威を感じるほど完璧だった。

視線を上に戻したフローラは、ヴィトと比べてあらゆる点で格差を感じていた。とりわけ経験に関しては。「ヴィト……こんなことを本当にしていいのかどうかわからない。知ってのとおり……私は経験がないから、あなたはきっとがっかりして――」

ヴィトは彼女の唇に指を立てて黙らせた。「そんなことはどうでもいい。要は、きみがこれを続けたいかどうかだ。続けたいのか？」

「ええ」フローラは即座に答えた。「何よりも」

「じゃあ、僕に見せてくれ」

心臓がばくばくしながらも、フローラはドレスの片方のストラップを肩から外した。そしてもう一方も。一瞬ドレスは胸に引っかかったあと、床に落ち、彼女は下着姿で彼の前に立った。ヴィトが息をのむ音が聞こえた。怖くて彼の顔を見られない。

やがて、張りつめた静寂の中、彼が言った。「きみの体は……想像していたよりずっと美しい」

フローラは顔を上げた。ヴィトの目は暗すぎて表情が読めない。彼は二人の距離をつめ、胸のふくらみを手で包んで、その重さと形を確かめた。

思わず唇を噛《か》むと、再びヴィトに唇を奪われ、彼女は両腕をたくましい体に巻きつけた。胸と胸が、腿と腿が触れ合う。フローラは陶然となり、無重力空間をさまよっているような感覚に襲われたかと思うと、ベッドに寝かされていた。

ヴィトはフローラの手を取って口に押し当て、彼女を味わった。体の中で欲望がどんどんふくらみ、もはやフローラは一秒たりとも我慢できなくなった。

「ヴィト……お願い、あなたが欲しいの」

彼は彼女の目を見て言った。「きみの準備ができているかどうか確かめたいんだ。初めてだから、少し痛いかもしれない」

彼女は自ら下着を脱ぎ、投げ捨てた。「大丈夫よ、私はガラスでできているわけじゃないから」

その言葉に促され、ヴィトはフローラの脚の付け根に手を伸ばし、指を一本、二本と差し入れ、そこが充分に湿っていることを確かめた。そして指を抜き差しすると、彼女は腰を浮かせてのけぞった。

フローラはなすすべもなく、打ち寄せる快感の波に溺れた。しばらくの間、今起こったことの重大さにおののき、息をするのもままならなかった。やっとの思いで頭を上げると、ヴィトが避妊具を装着しているのが見えた。

絶頂の余韻に浸っているときでさえヴィトを渇望し、フローラは彼に向かって腰を突き出した。

「もう少しの辛抱だ、お嬢ちゃん」彼はほほ笑んだ。

フローラはふくれっ面をしたくなったが、彼の欲望のあかしが入ってきた瞬間、息をのんだ。ヴィトは彼女の反応を見ながら、少しずつ、ゆっくりと我が身を沈めていき、やがてフローラの中をいっぱいに満たした。

フローラはもはや自分が人間ではなくなり、快感の渦と一体化したような感覚に襲われて、本能に促されるがまま両方の脚を彼の腰にまわした。

　ヴィトはさらに深く貫き、彼女を絶頂へと追いこんでいく。そして、彼が頭を下げて胸の頂を口に含んで甘噛みを始めたとき、なんの前触れもなくフローラは快感の高みへと打ち上げられ、のぼりつめた。同時に、ヴィトが体を震わせながら喉から野性的な叫び声を放つのを聞いた。

　夜明けの光がローマの空を明るく照らし始めても、ヴィトはほとんど気づかなかった。彼は今、バスタオルを腰に巻き、ベッドから数メートル離れた場所に立っていた。シャワーを浴び、すでに肌からフローラの香りは消えている。そのことを残念に思っている自分に気づき、ヴィトはにわかに緊張を覚えた。

　これまで、バージンと寝たことはなかった。一夜の相手の寝顔を見ることも。

　フローラは仰向けで寝ていた。右腕を広げ、豊かな胸のふくらみをあらわにしている。なんと魅惑的な光景だろう。シーツの上に広がる奔放な髪が、昨夜何度も何度も一緒にクライマックスを迎えたことを思い出させた。あんなに興奮したのは、フローラがバージンだったからだ。そうだろう？

　いや、違う。ヴィトはすでに、昨夜のセックスはもっとすばらしくなると、心の奥底で確信していた。二人の相性のよさは桁外れだった。

　セックスはいつも快楽をもたらしたが、けっして超越的なものではなかった。

　驚くべき女性とのすばらしいセックスに自分を失いかけたことを、ヴィトは笑い飛ばしたかった。

　僕は一匹狼《いっぴきおおかみ》だ。今さらそれを変えるつもりはない。再び喪失感と悲しみがもたらす耐えがたい痛みにもだえ苦しむのは、ごめんこうむる。

　そのためには、フローラとの間に境界線を設け、セックス以外の親密な関係は存在しえないことを知ってもらう必要がある。まずはフローラを彼女の部屋に帰さなくては。ヴィトはこれまでセックスのあとで女性を甘やかしたことはなかった。

ヴィトがベッドに身を乗り出してフローラを抱き上げようとしたとき、フローラがぱっと目を開けて彼を見た。そして、片肘を立てて起き上がった。

ふくよかな胸が揺れ、いかにもおいしそうだ。ヴィトは彼女を今すぐ部屋に帰すのをやめて尋ねた。

「気分はどうだ?」

彼女は眉をひそめてあたりを見まわし、それからはにかんだ。「最高にいい気分よ。夢を見ていたのかと思った。でも、あなたは夢じゃない。そうでしょう?」手を伸ばし、髭《ひげ》がきれいに剃《そ》られた顎に軽く触れて続ける。「ほら、あなたは実在している」

ヴィトは腰に巻いていたバスタオルを剥ぎ取り、フローラの隣に滑りこんだ。そして、彼女の香りを吸いこみ、自分の体に彼女の体が寄り添う感覚を満喫した。血はたぎり、飢えが体のあちこちに爪を立てていた。いったいなぜ彼女を部屋に帰そうなどと思ったのか、自分でもわからなかった。

彼は尋ねた。「痛くないか?」

「少しだけ」彼女はほんのりと頬を染めた。「でも、またあなたが欲しい。私ははしたない女?」彼女は恥ずかしそうに彼の胸に頭をうずめた。

ヴィトは不穏な感情が湧くのを意識しながら言った。「そんなことはない。僕もきみが欲しい」

彼がフローラの秘めやかな部分を探り始めると、二人はたちまち忘我の世界に没入していった。

7

目を覚ますと、室内は明るい日差しに満ちていた。時計を見るなり、フローラはぱっと起き上がった。もうランチタイムだ。こんなに寝坊をしたのは生まれて初めてだった。

そして、いくつかのことに気づき、フローラは固まった。自分の部屋ではなかった。彼女はシーツがしわくちゃのベッドの上にいた。ヴィトのベッドに、しかも生まれたままの姿で。そう、私は何度も彼と愛し合い、快楽の海に溺れたのだ……。

小さな戦慄がフローラを襲った。いいえ、あれは愛とは無関係のただのセックス、驚くべきセックスだった。こんな世界があるなんて知らなかった。官能が目覚め、私は変身した。大人の女になった。

しかし今、フローラの頭の大部分を占拠していたのは、ヴィトがいかに思いやりがあり、優しかったかということだった。

それに比べて、私は……。彼の肩を夢中で噛《か》んだことを思い出し、フローラは両手に顔をうずめた。

「どうした？　どこか痛いのか？」

その声を聞いた直後、小さな毛の塊がベッドに飛び乗ってきた。ベンジー——彼女が長い間ほったらかしにしていた愛犬だ。

そして、ドア口にヴィトが立っていた。黒っぽいズボンに半袖のポロシャツという格好で。まるで男性版『ヴォーグ・イタリア』から抜け出してきたかのようだ。フローラがシーツで胸を覆い、膝を立ててベンジーを盾のように抱きかかえると、子犬はすかさず彼女の顔を舐《な》めた。

フローラは無防備な感じがし、いらだたしげに言った。「起こしてくれればよかったのに。そうすればベンジーと朝の散歩をして、それから……」そこで彼女は言葉を切った。

「それから？」ヴィトは眉をひそめた。「何もすることはないと思うが、フローラ？」

「仕事を探さないと」

「いつかはね。ただ、昨夜のことを考えると、僕たちはプランAに戻ったんじゃないか？」

「プランA？　なんだったかしら？」

「復縁だ」

「ああ、そうね……確かに戻ったかもしれない」フローラはしぶしぶ同意した。昨夜、二人がしたことを考えれば、〝ノー〟と言えるわけがない。

ヴィトは腕時計に目をやった。「ソフィアがブランチを用意してくれている。そのあと、スタイリストたちが到着する」

「なぜ？」

ヴィトは彼女を見た。「僕たちは今夜、初めて二人でイベントに出席する」

「今夜ですって！」フローラは金切り声をあげた。

「社交イベントに出たことは何度もあるだろう？」

フローラは首を横に振った。「ほとんどないわ、伯父の家で催されたものを除けば。伯父は彼の主催ではないイベントに私が出るのを嫌っていたの」

ヴィトは絶句したが、すぐに気を取り直して尋ねた。「あの邸宅から出してくれたことはあるんだろう？」

「もちろん、出入りは自由だった」フローラは答えた。「家政婦と市場に行ったり、一人で美術館やアートギャラリーに出かけたり」

「友人とは会ったりしなかったのか？　パーティに出るとか？」

「ないわ。そもそも友だちはいなかった。前にも言ったように、私は家庭教育を受けていたから」

ヴィトが寝室に入ってきた。「イタリアを離れたことは？」

フローラはかぶりを振った。「両親と弟のチャーリーが亡くなってローマに来てからは、ただの一度もないわ」

ヴィトは目を見開いた。「ウンベルトはきみをシンデレラのように監禁していたわけか。欠けていたのは、二人の邪悪な義姉くらいだ」

フローラはつかの間、息苦しさを覚えた。伯父への忠誠心と義務感はまだ残っていた。「文句を言う気にはなれなかった。住む場所があり、しかも。そこは豪邸だった。教育も受けさせてもらえたし」

ヴィトは悪態をついた。「あの家は一九五〇年代の映画のセットのようだった」

彼の的確な評価に、フローラはこらえきれずに笑った。「伯父はただ、古さに価値を見いだしていただけだと思う」

ヴィトは鼻で笑った。「ウンベルトは何をするにも金を惜しんだ。改装費用をけちっただけさ」

何もかもヴィトの言うとおりだった。伯父に半ば監禁されていることはわかっていた。けれど、それは姪《めい》を守るためだと、フローラは自分を納得させていた。しかし、伯父は彼女の遺産を手に入れる前に彼女を出ていかせたくなかっただけなのだ。

長く世間と隔たれて過ごしていたという感覚は、今ここにヴィトと一緒にいることのありがたみをフローラに実感させた。

「スタイリストの人たちは何時に来るの？」

「三時だ」

「あなたがオフィスに行くのは？」

「三十分前にはここを出るつもりだった」

「だったら、もう遅刻しているんだもの、あと三十分くらいどうってことないでしょう」

ヴィトは顔を紅潮させ、彼女の体に視線を這《は》わせた。そして、足元に小走りでやってきたベンジーをすくい上げ、あっという間に部屋から追い出してドアを閉めると、服を脱ぎながらベッドに向かった。

差しこむ陽光に照らされたヴィトの完璧な体に目が釘《くぎ》づけになり、フローラは感嘆するほかなかった。

「そんなふうに見続けられたら、僕たちは明日までベッドの中にいることになる」ヴィトはうなりながら彼女の腰をつかむと、猛《たけ》り狂《くる》う欲望のあかしを下腹部に押し当てた。

「それって悪いこと？　だって……」フローラは息も絶え絶えに言った。

ヴィトは彼女の髪を指に巻きつけた。「今夜、きみを披露して、長らく秘されていた宝石をみんなに愛《め》でてもらうつもりだった」

彼の言葉に衝撃を受け、フローラは胸を締めつけられた。それを和らげようと彼の首に腕をまわすと同時に、二人はベッドに倒れこんだ。

フローラは鏡の中の自分を怪訝《けげん》そうに見ていた。ベッドに座っているベンジーもきょとんとして主《あるじ》を見ている。彼女は、鏡の中のベンジーに向かって恨めしそうに言った。「私よ、ベン」

スタイリストに香水を吹きかけるよう指示された手首を鼻に近づけ、フローラはその香りを嗅いだ。麝香《じやこう》めいた薔薇《ばら》の香りがほのかに鼻をくすぐる。自分らしくない気もしたが、気に入った。

鏡に映る女性が自分だとは思えなかった。フローラはシンデレラのように変身する夢を見たことはないが、今まさにそれを地で行っていた。

スタイリストたちはちょうど帰ったところで、フローラはようやく、彼女たちが午後の間ずっと取り組んでいた成果を認めた。

彼女もヴィトもぐったりするほどお互いを求め合ったあとに寝室を出ると、スタイリストたちのチームが待っていた。フローラは、サボっているところをつかまったいたずらっ子のような気分に襲われた。ヴィトは彼女をチームの手に委ねたが、一つだけ釘《くぎ》を刺した。〝絶対に髪はストレートにするな〟と。

彼が去ったあと、爪の手入れやら、フェイシャルやら、チームがフローラの体を隈《くま》なく磨いた。それから全身を寸分の狂いもなく測った。そうしたチームの懸命な努力が、今まさに鏡に映っている彼女の姿に結実していた。

ドレスはごく淡いピンクのブラッシュカラーで、ストラップがなく、胸元が大胆にカットされているため、胸の谷間が見える。けれど、スタイリストはけっして露出過多ではないと断言した。ボディスはタイトで、スカート部分はウエストからシルクとシフォンが気まぐれに重なり合って床へと流れていた。

そしてシンプルなダイヤのチョーカー、人差し指にはダイヤのカクテルリング、耳にはダイヤのスタッドリングが輝いている。髪は自然でありながら、少し落ち着いた感じにセットされていて、片側はダイヤのクリップで固定されていた。

ほっとしたことに、メイクは最小限だった。ほとんど何もしていないように見えるくらいで、目にはくすんだ色のチークカラー、まつげは黒くて長い。眉は少し抜いて形を整えてある。頰にはチーク。唇はふっくらしていて、まるでキスをされた直後のようだ。挑発的に見えないようティッシュで少し拭おうと思ったそのとき、ドアの向こうから音が聞こえてきて、彼女は振り返った。

ヴィト……。

彼はタキシードを着ていた。二日前の夜にも見たが、そのときは気が散っていて、さほど強烈な印象を受けなかった。しかし今、タキシードを着て目の前に立っている彼に、フローラは圧倒された。

「どうかしたか？　顔が真っ青だ」ヴィトは有無を言わせず彼女を近くのスツールに座らせた。

フローラにとっては幸いだった。脚がゼリー状になっていたからだ。タキシード姿の彼のインパクトと、この二十四時間に二人の間で起こった出来事に、ひどく動揺していた。さらにヴィトから漂ってくる匂いが、彼女の混乱に拍車をかけた。

ヴィトから水の入ったグラスを手渡されると、フローラは一口飲んだ。彼にグラスを返し、顔を上げる。「私にできるかしら？」

ヴィトはグラスをテーブルに置いた。「何が？」

「あなたと一緒に出かけることよ」フローラは力のない声で答えた。「私は恵まれた家庭の出だと思われているけれど、そんなことはないの。社交界の大きなイベントに参加したことは一度もない。あの日、結婚式に大勢の人が集まったのは、私がどんな娘か一目見てみたいという好奇心に駆られたからよ」

ヴィトが唇を噛んだ。「フローラ、すまない。僕の仕打ちがきみにどんな影響を与えるのか、もっとよく考えるべきだった……」

彼女は急いでかぶりを振った。「あなたのせいじゃないわ。あなたは何も知らなかったんだもの」

彼は一歩下がって手を差し伸べた。「おいで」

フローラがしぶしぶ彼の手を握って立ち上がると、ヴィトは彼女の肩に手を置いた。その瞬間、弦を爪弾かれたハープのように下腹部が震えたが、そんなことはおかまいなしに、ヴィトは彼女の体をまわして鏡に向かわせた。

「ほら、見てごらん」

フローラは、それがまさに今やっていたことであり、この緊張を引き起こした原因であることを言えず、思わずヴィトを見た。

「僕じゃない。鏡に映るきみを見ろと言ったんだ」

彼女は目を丸くしたものの、彼の言葉に従った。

「きみは美しい、フローラ。情けないことに、あの日、僕はウンベルトに気を取られるあまり、きみの魅力に気づかなかった。きみが僕のオフィスに乗りこんでくるまで」

ヴィトと視線が絡み合い、フローラの胸は高鳴った。「私は気づいたわ、あなたを見た瞬間に。あなたはとても威圧的だった」

「もし僕が復讐《ふくしゅう》に取りつかれていなかったら、もっと早くにきみに気づいていただろうし、もしかしたら状況はまったく変わっていたかもしれない」

フローラは小さく鼻を鳴らした。「それでも、私と結婚したいとは思わなかったでしょう?」

「確かに、結婚は望まなかった。だが、僕たちはもっと早くこの共通の願望に気づいていた気がする」

フローラは首を横に振り、彼の腕の中から抜け出して面と向かった。「いいえ、あなたは伯父を憎みすぎていた。伯父に近い人とつき合おうとは思わなかったはずよ」

ヴィトは沈痛な面持ちで彼女を見た。「たぶん」

「とにかく物事がうまくいってよかったわ。私は伯父と縁を切って自由と自立を手に入れた。もう誰のためにもそれを手放すつもりはないわ」でも、と彼女は内心でつぶやいた。ヴィトのためなら……。

そんな思いを抱いた自分に、フローラは衝撃を覚えた。彼女にとって、ヴィトとの関係はほんのつかの間のものでしかなかったからだ。いかなる理由であれ、彼は今、フローラに好意を抱いていた。けれど、それが長く続くことはないと確信していた。彼の関心はいずれ次の女性へと移るだろう。

それでいい、とフローラは自分に言い聞かせた。自分が今どこにいるのか、長い目で見て自分が何を望んでいるのかさえわかっていなかった。伯父に縛られていた反動から、彼女は今、ただ自立を楽しみ、若さと自由を感じていた。

そして、ヴィトを満喫していた。

顔の火照りにフローラが気づく前に、ヴィトは彼女を見て言った。「よかった。血色がよくなった」

それがヴィトのせいであることに気づかれるのを恐れ、フローラは急いで応じた。「そろそろ出かけたほうがいいのかしら?」

幸いヴィトは血色のことにはそれ以上触れずに、ほどなく、フローラを寝室から連れ出した。

フローラはベンジーをおやつと一緒にキッチンに移し、車の待つ地上階に下りていった。

フローラは渋滞につかまった車の中で、結婚するつもりはないとヴィトがあっさり告白したことを思い出し、きかずにはいられなくなった。「あなたはなんのために財を築いているの?」

ヴィトはいたって平然と言ってのけた。「資産を残すのに家族は必要ない。僕には唯一の家族を失った悲しく苦い経験がある。結婚して新たに家族を持ち、その家族がまたいなくなることを恐れて人生を送るのはいやなんだ。だが、会社と共に父の名前は永遠に残ると確信している」

フローラは胸を締めつけられた。同様の経験がある彼女には、ヴィトの気持ちがよくわかった。けれど、自分たちがどこに向かっているのかを思い出し、話を続ける気が失《う》せた。彼らが目指しているのは、由緒ある博物館が入っている、ローマを象徴する建築物の一つだった。今夜、特別展のオープニング・イベントが開催され、招待客のチケットの収益はすべて慈善団体に寄付されることになっていた。

車の中から着飾った人たちが続々と建物の中に入っていくのを見て、フローラは圧倒され、パニックに陥りかけた。髪を下ろしている女性は一人もいない。皆、複雑なアップスタイルで、髪はつやつやと輝いている。思わずフローラはヴィトの手を握った。

「ヴィト、この髪では恥ずかしい。アップにすればよかった」

「ばかな、きみはセンセーションを巻き起こすよ」

フローラは気分が悪くなった。注目を集めたくなかった。しかし今、車は止まり、ヴィトが降りてきて彼女の側のドアを開けて手を差し出した。引き返すには遅すぎる。しかたなくヴィトの手を取って車から降り、ドレスの裾が足元に落ちるのを見ながら深呼吸をした。

「準備はいいか?」

フローラはうなずいたものの、すぐさま準備不足を思い知らされた。レッドカーペットの階段の脇に並ぶカメラマンからいっせいに声がかかったからだ。

「こっちを向いてください!」

「お相手は誰ですか、シニョール・ヴィターレ?」

彼らはフローラに気づかなかった。あの日、教会の外で待機していたカメラマンたちでさえ。

ヴィトはフローラの手を握って言った。「わからないのか? フローラ・ガヴィアだ」

滑稽なほどの静寂に包まれた次の瞬間、叫び声とフラッシュであたりは大騒ぎになった。しかしヴィトは、フローラが今起こったことの意味を理解する前に、階段をのぼって博物館の玄関ホールに入った。ヴィットリオ・ヴィターレは、自ら捨てた花嫁との復縁を公に宣言したのだ。

フローラは周囲を見渡した。招待客たちが中央の広い大理石の階段を上がっていく。彼女はこの博物館に日中に来たことがあったが、夜ともなると、まったく趣が異なる。頭上では巨大なクリスタルのシャンデリアが金色の光を放ち、階段の両脇に飾られた花々はかぐわしい香りを漂わせていた。

天井に描かれた中世のフレスコ画は色あせてはいるが、フローラの目を引きつけた。見とれながら歩いていると、急に立ち止まったヴィトの背中にぶつかった。「ごめんなさい」

二人は今、一階の巨大な舞踏室にいた。そこはフローラの知る限り、博物館の広大な部屋の一つで、通常は古代ローマの遺物で埋めつくされている。今夜はそれらの代わりに、ローマの上流階級の人たちであふれていた。その間を縫うようにして忙しく動き回るウエイターやウエイトレス。フローラは少し前の自分を見ている気がした。

ヴィトはトレイからシャンパンのグラスを二つ取り出し、一つを彼女に手渡した。彼女は鼻にしわを寄せながら一口飲んだ。

「ここに来たことはあるのか？」

「ええ。家庭教師と一緒に。でも、こんな……夜の博物館は初めて。大人になってからは、ここの庭園に来るのが好きだった。カフェもあって、何時間でも人の出入りを見ていられるから」

「きみの伯父がそれを許していたなんて意外だな」

「違うの」フローラは否定した。「伯父が出張や旅行で不在のときに来ていたの」気まずい思いで続ける。「そこまで伯父に支配されていた私のことを、あなたは弱い人間だと思っているでしょうね」

フローラがちらりと見ると、ヴィトは首を横に振っていた。「そんなことはない。きみがひどい環境に耐えて、こんなにも寛容な女性に育つには、さぞかし不屈の精神が必要だったに違いない」

フローラの胸に喜びが生まれた。しかし、それを言葉にする前に、ヴィトの前には彼と話したがっている人たちの列ができ始めた。ただし、彼らの好奇な視線はヴィトではなく、同伴者に注がれていた。

誰かのささやき声がフローラの耳に届いた。

「本当に彼女なの？　違うんじゃないかしら。だって、あんなにきれいじゃなかったもの」

ヴィトも聞きつけたのか、フローラの腰に腕をまわして振り返り、背後にいた二人の女性を見やった。

そして、そのうちの一人に親しげに言った。

「ああ、伯爵夫人《コンテッサ》、あなたはフローラ・ガヴィアを知っていると思いますが？」

女性が浮かべた笑みはそっけなかった。フローラに向かって手を差し伸べる。「もちろんよ。ミス・ガヴィア、今夜のあなたはすてき。あなたの伯父さまの邸宅で何度か食事をしました。彼はお元気？」

フローラは彼女の手を取って強く握ってから、朗らかに答えた。「さあ。でも、伯父がどこにいようと、悪いことをしているのは確かです」

隣で笑いを噛《か》み殺《ころ》す音が聞こえたが、フローラはヴィトのほうに目を向けなかった。

すると、彼が口を開いた。「失礼します、コンテッサ」そう言ってフローラをテラスへといざなった。

外に出るなり、ヴィトは笑いだし、フローラは悲しげにほほ笑んだ。木々の間に設置されたフェアリーライトが、庭園を魔法の国のように見せている。

「ハゲタカどもは気にしなくていい」

フローラは肩をすくめた。「大丈夫、少しも怖くないわ。彼女たちはただの俗物よ」

「じゃあ、きみは何が怖いんだ？」

自分は何を恐れているのか、フローラはよくわかっていたが、ヴィトに打ち明けるのはためらわれた。でも、彼は今、誰よりも私のことを知っている、と思い直した。「透明人間になるのが怖いの」

しばしの沈黙のあと、ヴィトはフローラの頭越しに人々の群れを見やりながら言った。「もうそんな心配をする必要はないと思う」

振り返ると、たいていの人が二人を見ていたので、フローラは顔を赤らめた。そしてヴィトの胸に顔をうずめたくなったが、そのことにひどく驚いた。いつから彼は私の避難場所になったの？

「みんな退屈のあまり、スキャンダルを探しているにすぎない」そう言ってヴィトは彼女を引き寄せた。

フローラの顔がますます赤くなる。

「よし、彼女たちが望んでいるものを提供しよう」

言い終えるやいなや、ヴィトは彼女にキスをした。

その瞬間、フローラは何もかも忘れた。今しがた自分の抱える最大の恐怖を打ち明けたことも含めて。その恐怖は伯父の邸宅で培われたものだった。伯父の客たちは誰もが、フローラがそこに存在しないかのように振る舞っていたのだ。

人から注目されていると感じたのは、はるか昔のことだった。なのに今、理解しがたいことに、フローラは本来なら宿敵であるはずの男性から熱い視線を注がれていた。それはうれしい半面、新たな恐怖を生み出した。いつかヴィトが彼女に飽きて、見向きもしなくなる日が訪れるという恐怖を。

数時間後、ヴィトは自分のベッドで夢うつつの状態にあった。フローラは片方の脚を彼の腿の上にのせ、柔らかくて心地よい重みを彼に与えていた。彼は閉所恐怖症のような感覚が襲ってくるのを待った。だが、それは訪れず、渇望感だけが居座っていた。

その夜のイベントでは、二人は確かに騒ぎの的となった。フローラはヴィトさえ驚くやり方で人々を魅了した。彼女の美しさを過小評価していたからではなく、彼女の生来の善良さがどんなふうに輝き、人々をとりこにしたのかわかったからだ。

フローラは口を開くことなく、その場に渦巻いていた冷笑を打ち砕いた。そのさまは、ヴィトがこれまで女性に感じたことのない何かを呼び覚ました。守りたいという保護欲だろうか。彼女を愚弄する女たちや、彼女を虎視眈々《こしたんたん》と狙う男たちから。

実際、ヴィトはフローラに対して二つの感情——保護欲と独占欲を覚えていた。

いったい何がそんな感情を僕の中に呼び覚ますのだろうか？　彼は必死に考えを巡らせた。

彼女に対する罪悪感だ。

断ずるなり、ヴィトは安堵《あんど》した。フローラを路頭に迷わせてしまった罪悪感。たとえ彼女が彼にその責任を負わせなかったとしても。

そう、罪悪感だ。ヴィトは繰り返し自分に言い聞かせた。これ以上、フローラの個人的な領域に踏みこむつもりはない。僕の興味の対象は体の関係に限られ、感情や心理は対象外だからだ。

ペントハウスに戻ると、ヴィトはベンジーをフローラから引き離して言った。〝きみは先に行って寝る準備をしてくれ。僕の寝室で〟

十数分後、ヴィトが寝室に入ると、イブニングドレスは丁寧に椅子にかけられ、宝石類はドレッサーの上に整然と並べられていた。なぜかその様子が引っかかり、彼は腹立たしくなった。

フローラの姿は見えない。だが、フレンチドアの脇のカーテンが揺れているのを見て、近づいてみると、ローブを羽織った素足の彼女が、壁に腕をついて立っていた。ベッドで彼を待つのではなく。景色を楽しんでいたらしい。彼女が振り向いてヴィトの胸に小さな手を添えるなり、彼は彼女を抱き上げてベッドに運んだのだった。

今、彼の頭の隅には、できるならフローラとの間に距離をおき、彼女を自室に帰したいという思いがあった。だが、横たわる彼女が手を伸ばして彼の乳首に爪を立てたとたん、そんな思いは吹き飛んだ。

フローラは僕の立場を理解しているはずだし、僕は誰かと永続的な関係を結ぶつもりはないと断言してきた。だったら、今この瞬間を楽しんでも問題はない。そうだろう？

ヴィトは欲望の赴くまま、彼女に覆いかぶさった。

8

「ニューヨークに行きたいか？」

フローラは目を見開き、ダイニングテーブルの向かいに座るヴィトを見た。二人は朝食の最中で、グラノーラとフルーツとヨーグルトが盛られたスプーンが、彼女の口元で止まった。

「本当に？」

ヴィトはうなずき、ナプキンで口を拭った。「今度、新しいオフィスを開設する。その関係で、社交イベントに招待されたんだ」

フローラはスプーンを皿に戻した。「ニューヨーク！　ずっと行きたかったの！」

「だったら、決まりだ。明日出発する」

とたんに興奮が消え去り、フローラは肩を落とした。「私、パスポートを持っていないの」

ヴィトは愕然《がくぜん》とし、暗い顔になった。「またウンベルトか。彼が持たせなかったんだろう、きみをどこにも行かせないために？」

「そんなところよ」フローラは情けなくなった。今の時代、パスポートを持っていない人なんているかしら？「残念だけど、出発が明日では無理ね」

ヴィトは首を横に振った。「いや、行けるよ。今すぐ僕のオフィスに行き、パスポートの手配に取りかかろう」

「一日では不可能よ」

ヴィトは眉をひそめた。「一日あれば、たいていのことはできる」

「本当に？　でも、あなたやスタッフに迷惑をかけたくないわ」

ヴィトは手を差し出した。「おいで」

彼のまなざしに胸をときめかせながら、フローラは手を引かれて立ち上がり、彼の膝の上にヒップをのせた。

「ニューヨークに行きたいかどうか尋ねたが、きみが必要なんだ。どうしても一緒に来てほしい」

フローラが喜びに浸る間もなく、彼は続けた。

「結局、僕たちにはやり遂げるべき計画がある。僕たちが本物のカップルであることを示さなくては」

ヴィトの腕が腰にまわされているにもかかわらず、フローラは少し冷めた。「もちろんよ」精いっぱい朗らかに言い、彼の手から逃れて自分の椅子に戻った。「私がそれを忘れるわけないでしょう?」

彼女は再び食べ始めた。ヴィトの視線をずっと感じていたが、あえて彼を見ようとはしなかった。

「フローラ……」

彼女はしぶしぶ顔を上げた。

「これは一時的な関係だということは、今も変わっていない。僕たちのセックスは激しいが、あくまでただのセックスだ。それ以上は望まないし、いずれ僕たちは別々の人生を歩むことになる。きみがうまく対処できるよう僕は力を貸す。それがきみのために僕ができるせめてもの償い――」

フローラは手を上げて彼を制し、胸の痛みを隠して言った。「私は自立と自由を手に入れたばかり。何があってもそれを手放すつもりはない。もし手放すとしたら、私が心から信頼できる誠実な人に交際を申しこまれたときよ。だから、心配しないで。あなたがどんな人かはよく知っているもの。あなたがセックス以上の関係を望んでいると勘違いするほど、私は世間知らずじゃないわ」

ヴィトはしばらく何も言わなかったが、やがて口を開いた。「きみは僕を信頼していないわけか」

傷ついたような彼の声に、フローラは目を見開いた。ばかばかしい。ヴィトが私なんかの言葉に動揺するはずないのに。「いいえ、信頼している。でも、心まで預けるほど私は愚かじゃない。あなたに心を託すなんて、この世でいちばんの愚行よ」

機内の反対側のシートで丸くなって眠るフローラを、ヴィトは憂鬱そうに見つめた。愛犬もその傍らで丸まっている。ベンジーをニューヨークには連れていけないと言ったとき、彼女はとても落胆した。その様子を哀れに思い、ヴィトは必要な書類を整えたうえ、ベンジーがワクチン接種、健康チェックを受けられるようにした。

フローラはスタイリストが用意した新しい服を着ていた。柔らかな黒革のスキニーパンツにクリーム色のシルクのシャツ。髪はふんわりとまとめ、足元は裸足《はだし》だ。

だが、今ヴィトが考えているのは、前日に彼女が口にした言葉だった。

〝あなたに心を託すなんて、この世でいちばんの愚行よ〟

その言葉を聞いて、本来は安堵《あんど》するはずだった。フローラはすばらしいセックスと感情を混同しているわけではないと。だが、実際は心を揺さぶられ、落ち着かない気持ちになった。

彼女はいつか、心から信頼できる誠実な男性に出会うことを望んでいた。ヴィトは自分がそういう男ではないとフローラに思われていると知って、侮辱されたような気分になっていた。なお悪いことに、彼女がほかの男と一緒にいるところを想像すると、ひどくいやな気持ちになった。

独占欲を覚えるなど初めてのことだった。

これは嫉妬だろうか？

いや。ヴィトはすぐさま否定した。嫉妬ではない。欲望が燃えつきたらすぐにフローラを手放すと決めているのだから。

フローラとの関係は、半年前の出来事のせいで、彼女にとって特別なものとなった。あの日以来、彼女が悲惨な状況に置かれたことに、ヴィトは責任を感じていた。そのような状況にフローラが再び陥らないよう気を配り続けるつもりだった。二人の間に燃え盛る欲望の火が消えるまでは。

気を取り直してノートパソコンを開き、仕事に集中しようとした矢先、フローラのかすれた声が聞こえてきて、ヴィトはたじろいだ。

「今、どこ？　私、どれくらい眠っていたの？」

ヴィトは顔を上げた。彼女が寝ぼけまなこで伸びをした拍子に、シルクのシャツがめくれて腹部があらわになった。たちまち欲望が募り、自分を惑わす彼女に腹が立った。

「ちょうど半分くらい来たところだ」ノートパソコンを閉じて言う。「完璧なタイミングだ」

フローラは彼をじっと見て尋ねた。「なんのタイミング？」

彼は立ち上がり、手を差し出した。「寝室の場所を教えるのに絶好のタイミングということだ」

「でも、私は昼寝をしたばかりで……」フローラは顔を赤らめた。「ああ」

「ああ」ヴィトは繰り返した。フローラにプライベートジェットによるフライトの退廃的な側面を教えるという考えに、血が騒ぐ。

フローラはベンジーを床に置いた犬用のベッドに寝かせると、ヴィトの手をつかんだ。すかさず彼女を引っ張り上げ、ヴィトは機内の後方へと導いた。この欲望は回数を重ねるほどに早く燃えつきると自分に言い聞かせて。

「わおっ！」フローラは、目の前に広がる景色にただただ感嘆するしかなかった。セントラルパークと、それを取り囲むエレガントな高層ビル群。彼女は今、そのうちの一つの屋上のテラスに立っていた。道路ははるか下にあり、車の走行音はほとんど聞こえてこない。

フローラは一瞬、景色から目を離し、ヴィトを見上げた。「あなたには私が田舎者に見えるんでしょう?」

「いや」彼は首を横に振り、それから摩天楼を見やった。「誰だって、この世界で最も有名な景色を初めて見たら、同じような反応をするはずだ」

「あなたも?」

ヴィトの口元がゆがんだ。「言いたくはないが、僕は例外だったと思う。父の名誉を回復することと、きみの伯父の尻尾をつかむことで頭がいっぱいで、この景色を楽しむ余裕はなかった」

フローラの胸に痛みが走った。そのとたん、体がフライト中の出来事でいまだに過敏になっていることに気づかされた。二人は愛し合ったあと眠りに落ち、まもなく着陸する段になって客室乗務員に起こされるという失態を演じた。フローラはあまりにきまりが悪く、乗務員の誰ともまともに目を合わせられなかった。

ベンジーはジェット機から降りると元気いっぱいに走りまわっていたが、今はテラスでじっとしている。そこでフローラはヴィトに尋ねた。「この子を散歩に連れていってあげたいの。いいかしら?」言い終えるなり、彼と一緒に子犬を散歩させている光景が脳裏をよぎった。まるで幸せなカップルのようで、彼女はどぎまぎした。

「もちろん」ヴィトは請け合った。「きみの好きにしていいよ、フローラ。この街はきみのものだ」

フローラは息をのんだ。ニューヨークの街を我が物顔で歩きまわれるなんて夢のようで、気が遠くなりそうだった。

「公園に行こうかしら……」フローラはもじもじな

がらも、思いきって言い添えた。「あなたも一緒に行かない？」

ヴィトはかぶりを振った。「僕はオフィスに直行しなければならないんだ」

今、ニューヨークは昼を少しまわったばかり。それを教えるかのように、フローラのおなかが鳴った。機内ではあまり食べていなかった。

ヴィトが言った。「ここのシェフがランチを用意する」

「大丈夫、ホットドッグかピザの屋台を探すから」フローラは恥ずかしそうに応じた。

「携帯電話は持っているか？」

彼女はジーンズの後ろポケットを探った。「ええ。あなたの番号とアシスタントの番号は登録済みよ」

「道に迷ったり、何かで困ったりしたら、すぐに電話をくれ」

フローラは目をくるりとまわした。「ニューヨークに来るのは初めてだけれど、都会に不慣れなわけじゃないわ。ローマだって国際都市なんだから」

驚いたことに、彼は人差し指と親指で彼女の顎をつかみ、すばやくキスをした。「またあとで。今夜、公園の近くでカクテルパーティがあり、僕たちも出席する。僕のスタッフが五時にやってきて何もかも支度をしてくれるから、なんの心配もいらない」

フローラは、自分がこれほど多くの助けを必要としていることに傷つくと同時に、髪型やメイクの心配をする必要はないと知って安堵した。

「わかったわ。じゃあ、またあとでね」

彼の姿が消えると、全身から力が抜けていき、フローラはゆっくりと息を吐いた。しばらくヴィトから離れて公園を散歩するのは、けっして悪い選択ではなかった。

「落ち着くんだ」

ヴィトに諭され、フローラはため息をつきながら、ドレスの裾から手を離した。「短すぎるわ」

ヴィトはフローラの腿に手をやった。「いや、ちょうどいい長さだ。きみをクラブに捜しに行ったとき、きみはドレスの丈など気にしていなかった」

フローラは頬を染めた。「あのときとはまったく事情が違うし、ここはナイトクラブじゃないもの」

ヴィトは彼女のむき出しの腿に手を伸ばし、ピンクのカクテルドレスの裾をさらに引き上げた。「きみのドレスがどれだけ完璧か教えてやろう」

彼の手に自分の手を重ね、フローラはささやき声で彼を制した。「だめよ、運転手に気づかれてしまうわ」口とは裏腹に、体は早くも彼の愛撫《あいぶ》に備え始めていた。

ヴィトはすぐさま運転手に命じ、仕切りのガラスを上げさせた。それからフローラに向き直り、ぐいと引き寄せて唇を奪った。ヴィトの指が彼女の下着に忍びこみ、熟練した指さばきで脚の付け根を探り始める。全身にアドレナリンが噴き出し、あっという間にフローラは絶頂に達して、彼の口の中にあえぎ声をもらしながら身を震わせた。

しばらくしてフローラは目を開け、ヴィトの飢えた表情を見るなり、彼のズボンを突き上げている欲望のあかしに手を添えた。

ヴィトの目がきらめいた。「会場に着くまであと数分でなければ、きみを止める必要はないのに」

その言葉を聞いてフローラはしぶしぶ手を離した。だったら、帰りの車の中で……。

「何を考えている?」ヴィトが尋ねた。

フローラは彼を見つめ、かつての無邪気さを装って答えた。「何も」

彼がにやつくと、フローラは決意した。帰る途中で絶対にお返しをしてやろうと。

けれどその前に、彼女は社交界のイベントを乗りきらなければならなかった。このカクテルドレスを着るよう勧めたスタイリストが、彼女をばかにするために選んだのではないことを祈るばかりだった。

カクテルパーティは、公園の向こう側、ヴィトのアパートメントの真向かいにある高層ビルの屋上で開かれていた。主催者はニューヨークに拠点を置く大富豪だという。フローラは、肌を露出している女性が自分だけではないことに安堵した。客たちは彼女に興味津々だったが、ローマの社交界の人たちのような強い関心は示さなかった。

パーティの趣旨をヴィトに尋ねると、〝基本的には人脈づくりだ〟と答えた。

おいしそうなカナッペが用意されていたが、ウエイターが現れるたびに、フローラは味見をしたいという衝動を必死に抑えた。キャビアをこぼしたりしてドレスを汚しはしないかと心配したからだ。

ヴィトは知人たちとの会話に夢中だ。フローラはカナッペのトレイがまた一つ目の前から消えていくのを切なげに眺めていた。

「わかったわ、食べ物がドレスに飛び散ったりしないかと心配で、食べられないのね」

フローラは声の主のほうにさっと顔を向けた。ブロンドの髪をシニヨンにまとめた美しい女性だった。

フローラは残念そうにほほ笑んだ。「そんなにわかりやすかったかしら?」

その女性はイギリス人のようで、にっこり笑うと、淡いクリーム色のクラシックなノースリーブのドレスを撫《な》で下《お》ろした。「気持ちはわかるわ。私、今日ロンドンから来たばかりでお昼を食べていないから、おなかがすいたの。一緒に向こうのテーブルに食べに行かない?」

フローラは思わず笑みをこぼした。こんなところで、こんなにも親しみやすい人に会えるなて。「ええ、おつき合いさせて」

二人はケータリング業者が用意したごちそうが並ぶテーブルへと歩いていった。

「きみが話していた女性は誰だったんだ？」

フローラは車の後部座席で、ヴィトのほうに体を向けた。「ごめんなさい、あなたのそばにいるべきだったかしら？」

ブロンド美人と知り合った事情を彼女が説明し始めると、ヴィトは途中でフローラの口に指を立てて遮った。「きみがずっと僕のそばにいてくれるとは思っていない。きみは自由だ」

指にフローラの吐息を感じて下腹部が張りつめ、ヴィトは手を引っこめながら、彼女の影響力を呪わずにはいられなかった。パーティでも彼女のことが気になり、知人との会話に身が入らなかったのだ。

「よかった」彼女はほっとしたように言った。「伯母が何かの事情で同行できないときに、伯父に連れられて社交行事に出ると、常に伯父のそばにいて、話した相手のことを覚えているよう期待されたわ。そして、帰りによく質問されたものよ」

彼女の最後の言葉はヴィトの良心をちくりと刺した。「今の僕のようにか？」

フローラはかぶりを振り、髪が顔のまわりで揺れた。髪はストレートにはされていなかったが、後ろで低いお団子にまとめられていた。

とっさにヴィトは言った。「僕に背中を向けて」

彼女が従うと、すぐにドレスのファスナーを下ろしたくなったが、彼はティーンエイジャーではなかった。まったく《マレディツィオーネ》！

ヴィトがピンを抜くと、髪は彼女の肩から背中にかけてゆっくりと落ちていった。

「ああ、すっきりした」フローラはため息まじりにつぶやいた。

ヴィトは彼女の髪に指を入れてマッサージを始め

た。「それで、その女性は誰なんだ？　見覚えがある気がしたんだが」

「キャリー・ブラックよ」ヴィトの手が止まったので、フローラは振り向いた。「知り合い？」

「僕が取り引きをしたいと考えているマッシモ・ブラック卿《きょう》の妻だ。彼は慈善家だが、優良企業に投資している。で、彼女とどんな話を？」

フローラは唇を噛《か》んだ。「ただの世間話よ。すてきな人だったわ」そう言ったあとで、彼女はにわかに緊張した面持ちになった。「実は彼女、私のことを知っていたの。あの結婚式の日、夫妻はローマにいたんですって。パパラッチには写真を撮られなかったけれど、タブロイド紙には伯父と撮った私の古い写真が載っていた。それを見ていたから、あなたと一緒にいる私を見て、すぐに気づいたそうよ。それで……あなたが私にしたことに対して憤慨していたわ」

ヴィトの罪悪感が蒸し返された。「キャリーはなんと？」

「あなたは私に膝をついて謝るべきだって」フローラの口元がゆがんだ。「あなたが私をティファニーかカルティエに連れていって償いの贈り物をするのを願っていると」

彼の険しい顔を見て、フローラはすぐに続けた。「もちろん、そういうことに私は興味がないって言ったわ。あなたが私の犬をニューヨークに連れてきてくれたこともね。キャリーは電話番号を教えてくれ、いつでも電話してと言った。彼女には子供がいて、いつか一緒に公園を散歩しましょうとも」

ヴィトはマッシモ・ブラックと話をしたときのことを思い出した。彼はもう一度会って話をしたいと言っていた。一方、フローラは彼の妻と電話番号を交換していたという。

通常、ヴィトが社交の場に女性を同伴するのは、純粋に欲望を満たすためだった。そのため、彼はこうした展開を経験したことがなかった。一匹狼《いっぴきおおかみ》であることの弱点なのかもしれない、と彼は気づいた。有意義な形で誰かがそばにいるのは、イメージづくりに役立つだけでなく、実益が伴う場合もあるということにも。

「私のせいでキャリーのご主人との関係が悪化する羽目にならなければいいのだけれど……」

彼女の不安そうな表情に気づき、ヴィトは首を横に振った。「心配するには及ばないし、僕のイメージや仕事上のことできみが責任を負う必要はない」

彼女は恥ずかしそうに応じた。「ええ、もちろん、私にそんな影響力がないことはわかっているわ」

「いや、きみには影響力があるよ、フローラ」ヴィトは彼女を引き寄せた。「きみは周囲の人たちにとって財産になりうるすばらしい女性だ」

驚いたことに、フローラは目を輝かせた。「優しいのね」

ヴィトは、彼女が繊細で純真であることを今さらながら痛感した。

しかしそれでも、彼女は間違った幻想を抱いていないと、ヴィトは自分に言い聞かせた。実際、これまでつき合ってきた女性の中で、いちばんおとぎ話を信じていないのはフローラだった。彼女が抱えるトラウマのせいで。彼と同じく。

「実は……」フローラが頬を染めて恥ずかしそうに切りだした。「さっき車の中でやりたいことがあったのだけれど、時間がなくて……」

ヴィトは彼女の手が彼の体に触れていたことを思い出し、仕切りを上げるよう命じてから言った。

「今なら時間があるよ」

彼は、フローラがズボンから欲望のあかしを解き放ち、手に取って上下に動かすさまをじっと見ていた。精いっぱい自制心を働かせて。さもないとすぐにでも果てそうだった。

フローラが頭を下げた。その吐息が彼の敏感な高まりに羽毛のようにかすめると、ヴィトはたまらずに彼女を止めようとした。だが、彼女が欲望のあかしを口に含んだ瞬間、のけぞって歯を食いしばらなければならなかった。そして、ついに快楽の淵《ふち》へと落ち、フローラが頭を起こして妖艶な笑みを浮かべたとき、ヴィトは嘲った。彼女は純真だとか無邪気だとか信じていた自分を。

翌朝、目を覚ますと、フローラは体が官能的な倦《けん》怠感《たいかん》に慣れてきていることを自覚した。パーティに向かう車の中ではヴィトが彼女をのぼりつめさせ、帰りの車中ではフローラが彼を果てさせた。そのときヴィトが顔を上気させ、呆然《ぼうぜん》として彼女を見つめているのを見て、フローラは満足感で胸がいっぱいになった。しかしその後、アパートメントに戻ると、彼は誰が主導権を握っているのかをはっきりと示し、彼女の小さな勝利はかすんでいった。

物音がしたかと思うと、寝室に明るい陽光が差しこみ、フローラは思わず目を閉じた。すると、ベンジーがベッドに飛びこんできて、彼女にぴたりと寄り添った。続いて、ヴィトの声。

「食事と散歩は家政婦のマシューがすませたから、きみはまだ寝ていていいよ」

フローラが見やると、ヴィトがスーツ姿でドア口に立っていた。なんてゴージャスなのだろう。

「寝坊したのは、あなたが遅くまで寝かせなかったせいよ」シーツを胸に当てながら片肘をつき、彼女は半身を起こした。

ヴィトは腕組みをしてドア枠にもたれた。「玄関ホールのテーブルにきみ名義のクレジットカードが置いてある。僕のスタッフに頼んで、買い物に行くか、スパを予約するかして、自分を甘やかすといい。

きみには休息が必要だ、フローラ」

周囲の人たちに恩義を感じ、その後ろめたさを和らげるために彼らの役に立ちたいと思いながら生きてきたフローラにとって、自分のことを優先するのは気が引けた。そのため、彼女は冷ややかな口調で返した。「もう磨く部分はほとんど残っていないと思う」それとも、まだ愛人として何か足りないところがあるのかしら？「あなたのために私に何かできることはない？」

そのとき、下腹部の巻き毛の手入れをしていないことを思い出し、フローラは顔を赤らめた。彼は気にしているようには見えなかったけれど……。

すると、ヴィトが首を振りながらベッドに近づいてきて、彼女の体からシーツを引き剥がした。「きみは完璧だ。何もする必要はない。今だってどんなにきみを抱きたいか。だが、あいにく時間がない。三十分後に会議があるんだ」

ヴィトが離れていくと、フローラはシーツを引き上げた。「またね」

彼は苦笑した。「今日はビジネスディナーがあるから、僕の帰りを待たなくていいよ」

丸一日、この魅力的な街を見ながらヴィトとの関係について考える時間を持つのも悪くない、とフローラは思った。「じゃあ、あとで」

ヴィトは強烈なまなざしを彼女に注いだ。フローラは一瞬、もしかしたらと期待した。だが、ベッドに飛びこんできたのは、彼ではなく、ベンジーだった。「ベン、今日は私たちだけで楽しみましょう」

一人でいることに慣れているフローラだったが、初めて寂しさを感じた。しかし、その寂しさを追い払った。結局のところ、遅かれ早かれ、私はヴィトと別れて一人になり、再び寂しさや孤独感と共に生きていかなければならないのだから。

9

その晩、アパートメントに戻ったとき、ヴィトは疲れを感じていたが、この惑星で最も退屈なビジネスディナーを途中で抜け出した瞬間から期待感が高まっていたのも事実だった。そして今、その期待感は最高潮に達していた。

アパートメントに入るなり、彼はネクタイとシャツのいちばん上のボタンを外した。柔らかな明かりに照らされた空間を進み、フローラを捜す。

ヴィトはふと気づいた。床に置かれた犬のおもちゃ、椅子の背もたれに掛けられたトップス、いつもよりたくさんの花……。彼は立ち止まってあたりを見まわした。まるで、そこに住んでいるかのようだ。なぜかそれが魅力的に感じられた。

物音がして、ヴィトは寝室のドア口を見た。フローラが立っていた。細いストラップのついたシンプルだけれど挑発的なシルクのナイトドレスを着て。

一瞬にして、下腹部が張りつめた。

眠っていたのだろう、フローラはかすれた声で言った。「物音が聞こえて……」

ヴィトは彼女に近づいた。「もし侵入者だったら、どうする？」

「きっとベンジーが吠《ほ》えまくって、知らせてくれたでしょうね」

その子犬は眠そうにベッドの中で顔を上げた。番犬としてはとうてい役に立ちそうにない。

ヴィトはあることを思い出し、上着の内ポケットに手を入れた。細長い箱を取り出し、フローラに手渡す。「きみに。キャリー・ブラックは正しい。きみにひどいことをした償いに、贈り物をしなければならない」

フローラはショックを受けたように見えた。そして渋い顔をした。「何もくれなくていいのに」

「僕が自ら選んだと言ったら？」

フローラは箱に書かれた有名な宝石店のロゴを見て息をのんだ。「ヴィト、これはやりすぎよ」

「まだ見てもいないのに？」

結局、フローラは受け取り、蓋を開けたとたん、また息をのんだ。

ゴールドのチェーンの先に、繊細なゴールドの花びらと光沢のあるパールがついたネックレスだ。

一瞬、ヴィトは個人的な思い入れで選んだことを悔やんだ。なぜもっとあっさりしたものを選ばなかったのだろう？　たとえば、なんの変哲もないダイヤのブレスレットとか。いずれにしろ、もう遅い。

「なんてすてきなの」フローラはネックレスをいとしげに撫《な》で、彼を見上げた。

自分が少し無防備になった気がして、ヴィトは肩をすくめた。「たまたま入った宝石店でそれを見つけて、きみのことを思い出したんだ。フローラ……花」彼女の手から箱を取り上げ、ネックレスを取り出す。「いいかい？」

フローラはうなずき、彼に背を向けて髪を持ち上げた。ヴィトは彼女の首にネックレスをかけた。

彼女が振り向くと、ネックレスの先端は喉のくぼみのすぐ下、淡い金色の肌の上にあった。フローラはそれに触れながら言った。

「ありがとう、身に余る贈り物だわ」

フローラに尋ねるまでもなく、ヴィトにはわかっていた。伯父と伯母から何かを贈られたり、誕生日を祝ってもらったりしたことがないことを。彼らはフローラから遺産をむしり取るのに忙しかったのだ。

ヴィトは空の箱を置くと、フローラの手を取って寝室へといざなった。別々の寝室を使うことで、二人の間に境界線を設けるのはすでに諦めていた。必然に身を任せるほうが楽だった。

彼は手早く服を脱ぎ、フローラを見た。むき出しの肩のあたりは肌が金色に輝いている。視線を下げると、胸の頂がスリップの生地を突き上げていた。だが自制した。それはヴィトにとって重要なことだった。自分を見失っていないことを確認するために。

ヴィトはさらに視線を下げ、蜂蜜色の巻き毛が影をつくる脚の付け根に目を留めた。すでにそこは熱く湿っているに違いない、と彼は確信していた。すでに僕を迎え入れる準備はできていると。

「ヴィト……」フローラは息を切らしながら言った。「あなたは私の息の根を止めようとしている」

「よかった」ヴィトは彼女の目を見つめて近づいていった。「僕もきみに殺されかかっているから」

彼はシルクに覆われた片方の胸のふくらみを手で包み、顔を寄せてとがった頂を吸った。あえぐフローラを抱き寄せると、彼女は彼の欲望のあかしを握りしめた。その瞬間、ヴィトは我を失いそうになったが、どうにか彼女をベッドに横たえると、ナイトドレスをめくって下着を剥ぎ取り、彼女を深々と貫いた。二人の体は絡み合い、どこからが彼でどこからが彼女なのかわからないほどだった。

翌日の午後、ヴィトの背後では会議が続いていた。それでも、彼はマンハッタンの繁華街を見下ろしながら物思いにふけり続けた。本来なら、ヴィタールの名を復活させるために自分がいかに努力したか、いかに大きな成功を収めてきたかを顧みながら、感謝を捧《ささ》げる時間のはずだった。

だが、彼は勝利感を味わうどころか、気がめいっていた。朝食のときのフローラの表情が頭にこびりついていたからだ。彼のために何か役に立つことをしたいというフローラの頼みを断ったときの表情が。

彼女は言った。〝昨日は楽しかったし、一人でいるのもけっして嫌いじゃない。だけど、ちょっと退屈で寂しいの。何か手伝えることはない？　事務作業やコピー取りならお手の物だし、お茶やコーヒーの用意をしてもいい。プライドが高くないから〟

ヴィトは彼女に近づいてキスをした。〝恋人がスタッフのためにお茶やコーヒーを用意する姿など、僕は見たくない〟そして去り際に言い添えた。〝今夜は夕食に間に合うように戻るよ〟

彼女は元気を取り戻した。〝料理ならできるわ〟するとヴィトはシェフの存在を彼女に思い出させた。本人は隠そうとしたが、フローラが失望したのは明らかだった。

フローラはわかっていなかったのか？　僕にとっては、必要なときに一緒にいて、必要なときにベッドにいてくれるだけで充分だと。ヴィトが女性に求めるものはそれに尽きた。

とはいえ、フローラはほかの女性とは違う……。

ヴィトははっとした。僕は彼女にネックレスを買ってやった。その意味するところを考え、彼はどきっとした。

あの朝、出かける前に彼女はこう尋ねた。〝あなたのために私に何かできることはない？〟

ヴィトは、彼女がベッドでどれほど彼の役に立っているのかを思い知らせたい衝動に駆られたが、なんとか耐えた。その理由の一つは、二人の間の欲望と情熱があまりに強いことに不安を抱いたからだ。

今、ヴィトはスカイラインを見渡した。フローラはこの巨大都市のどこかで、何かをしている――一人で。彼は興味をそそられた。というのも、彼女が何をしているとしても、彼を驚かせるに違いないと確信していたからだ。

ヴィトは彼女にメールで、何をしているのか確認したい衝動に駆られたが、思いとどまった。彼女がガヴィアの一員あることを思い出したからだ。彼女がウンベルトと結託していないことはわかったが、こうして彼女に気を取られているということは、ウンベルトに仕事の邪魔をされているのも同然だった。

彼はフローラを頭から締め出し、振り返って会議に意識を戻した。「どこまで話したかな?」

三日後。

ヴィトは敗北を認める準備ができていた。彼はここ数日、フローラなど眼中にないふりをして、仕事に没頭しようと努めていた。だが、もう限界だった。

ヴィトは今、フローラがどこにいて何をしているのかを知りたいという欲求が、ほかのすべてに勝っていることに気づいた。仕事にさえも。

彼は家政婦に電話をかけた。フローラは外出中だと告げられると、できるだけ礼儀正しく尋ねた。

「どこに行ったのかわかるかな?」

「ええと……犬たちの散歩だと思います」

「犬たち? ベンジーのことか?」

「いいえ」家政婦は否定した。「ほかの犬です。先日、フローラは近所の人と話していて、その人が足首を捻挫して外に出られないというので、彼女が二匹の犬を散歩に連れていったんです。そうしたら、彼女が帰ってくる頃には、何人かの近所の人たちが、犬の散歩をさせてくれないかと頼んできました」

ヴィトは事情をのみこみ、電話を切った。これまで以上に気持ちが落ち着かないのを感じながら、マネージャーに向き直った。「今日の残りの仕事だが、きみに任せてかまわないか?」

「もちろんです。何かあったら連絡します」

自分が何をするつもりなのかさえわからないまま、ヴィトは運転手にアパートメントまで送ってくれと指示した。早退するなど、十代の頃から仕事一筋だった彼にとってはきわめて異例だった。

車がアパートメントの前に止まったとき、ヴィトはフローラの姿を認めた。道路を横断するために信号待ちをしている。彼の脈が跳ね上がった。フローラは髪を乱した妖精のようだった。ロールアップしたジーンズに、着古したTシャツという格好で、スタイリストが彼女のために用意した洗練された服ではなかった。足元はスニーカーだ。そして、少なくとも六本のリードを持っていた。彼女はヴィトの車の前を横切り、建物の中に消えていった。

そのあとヴィトは車を降り、アパートメントに向かった。

彼女がベンジーだけを連れて戻ってきたとき、ヴィトは応接室で待っていた。

フローラは彼を見て足を止め、ほほ笑んだ。「こんなに早く帰ってくるとは思わなかったわ」

彼女が明らかに喜んでいるのを見て良心の呵責《かしやく》を覚えたものの、無視した。「きみの起業家としての副業の話は、いつするつもりだったんだ？」

フローラは顔をしかめた。「犬のこと？　どこかで見たの？」

ヴィトはうなずいた。フローラの顔が紅潮するのを見て下腹部がうずいたが、無理やり意識を目下の話題に戻した。彼女は警戒しているように見える。

「私は人助けをするのを許されていないの？」

「もちろん、許されている」

「犬の散歩代を請求しないのか？」

彼女はうんざりした顔で答えた。「当たり前でしょう。彼らは同じアパートメントの住人なのよ。いい人たちばかり。ミセス・ワインバーグは足首を捻挫して、犬の散歩に行けない——」

ヴィトは手を上げて制した。「確かにすてきな人たちだが、きみは犬を散歩させる人じゃない」

フローラは怒ったように髪をかき上げ、決然と言い返した。「私は自分のなりたいものになれるわ」

「グラフィックデザイナーになりたいんじゃなかっ

たのか？」

フローラは胸の前で腕組みをした。「あなたは自分の……恋人がアルバイトのようなことをしているところを人に見られたくないんでしょう？」

ヴィトはなんとか平静を装った。「僕は俗物じゃない。きみが何をしているか興味があるだけだ」

「だって、退屈でたまらなかったんだもの。何もしないで座っているのに慣れていないし、ショッピングにもスパにも行きたくない。私は誰かの役に立ちたいのよ」

彼女がどう役に立てるかを教えてやりたくて、ヴィトは両手がうずくのを止められなかった。

フローラは言った。「この間の夕方、あなたに話そうとしたのだけれど、イベント会場では大勢の人があなたと話したがっていたし、ここに戻ってくるとあなたは電話がかけ始めて……。そのあと私は眠ってしまい、あなたは起こしてくれなかった」

「きみの眠りを妨げたくなかったんだ」内なる声が彼をあざ笑った。嘘《うそ》つきめ！

突然、フローラが恥ずかしそうに言った。「あなたに贈り物を買ってきたの。ちょっと待っていて」

彼女が部屋を出ていくと、ベンジーがやってきた。抱き上げると、子犬に顔を舐《な》められ、ヴィトは少し胸が熱くなった。彼はベンジーを抱いたままテラスに出て、そっと下ろした。

ヴィトが室内に戻ると、フローラも戻ってきていて、彼に小さな黒い箱を差し出した。なぜかヴィトは受け取るのをためらった。亡くなった母親を除けば、彼に何かを買ってくれた女性はいなかった。

しかし、彼はそれを無視することができなかった。

彼は意を決して箱を受け取って蓋を開けると、鷲《わし》の頭が彫刻された美しい銀のカフスボタンが現れた。

「骨董品店《こっとうひんてん》のショーウィンドーで見つけたの」フローラが言った。「それを見た瞬間、鷲のように大空高く舞い上がり、急降下して両親のために復讐《ふくしゅう》を果たすあなたの姿が思い浮かんで……」

不思議なことに、ヴィトは小さい頃から猛禽類《もうきんるい》に憧れていた。そして、猛禽類が都市にも出没することを知っていた。実際、マンハッタンの上空を滑空する猛禽類を見たことがある。文明と自然の境界は人が思うほど明確ではない。

フローラがこのカフスボタンを選んだという事実に、ヴィトは自分の本性をあらわにされた気がした。その感覚がいつの間にかなじみ深くなってきたことに慄然とし、彼は知らず知らず箱を勢いよく閉めていた。「ありがとう。だが、贈り物など手間暇かけてわざわざ買う必要はなかったのに」

「手間暇なんてかけていないわ」

フローラは少し落ちこんだように見え、ヴィトは複雑な感情にとらわれた。

「それに、自分のお金で買ったのよ」

ヴィトは首を横に振った。「お金のことで気を遣う必要はないんだよ、フローラ」

彼女は、ヴィトがこれまでにつき合ったどの女性とも違っていた。彼女はすべてのルールを壊し、新しいルールを作りあげている。そして、そのすべてに彼の血はかつてないほどたぎっていて、この結末を考えると絶望的な気持ちになった。

彼は自分に腹を立てながら、フローラに箱を返した。「これを返品し、金を取り戻したほうがいい。僕は何もいらない」

フローラの顔から表情が消え、ヴィトの背筋を冷たい汗が流れ落ちた。

いや、思い直せ。大人げない。本能がいさめたが、彼女はすでに箱を受け取り、ポケットに入れていた。

「これは贈り物であって、金品のやり取りとは違うのに。でも、あなたにはもう少し洗練されたもののほうがふさわしいと気づくべきだったわ」

そう言って背を向けようとした彼女の腕を、ヴィトはすばやくつかんだ。フローラは振り返ったが、彼と目を合わせなかった。ヴィトは指で彼女の顎を持ち上げて言った。「今夜、ショーを見に行くというのはどうかな？　今夜は予定がないんだ」

　フローラは肩をすくめた。「いい思いつきね」

「どんなショーがいい？」

　彼女の笑みはぎこちなかった。「私を驚かせて」

　そこでヴィトは、経験上たいていの女性が喜ぶことをした。つまり、最も人気があり、最もチケットの取りにくいショーを選んだ。

　フローラは、VIP席のすぐそばのステージで繰り広げられる華麗なショーに夢中になれなかった。ヴィトのために用意した贈り物を突き返され、信じられないほど傷ついていたからだ。

　何もかも手にしている男性には、何を贈っても喜んでもらえないことが証明されたのだ。ヴィトは一線を越えてはいけないというメッセージを私に送りたかったのだろう。そして、私の経済力が微々たるものであることを思い出させたのだ。

　ここ数日ほとんど彼と会っていないという事実からヒントを得るべきだったのだ。そして、彼が私を傷つける能力を持っているのなら、それは私が彼に近づきすぎたことを意味する。だから、私は傷ついてはいけない。

　あなたは誰をだましているの？　どこからか嘲る声が聞こえた。

　ええ、そうよ。時すでに遅しだ。ヴィトは私の心をかき乱し、私をとりこにした。教会に私をほったらかしにしながら、彼が私の世話を焼いているのは、どういうわけか私に惹《ひ》かれたからだ。でも、その裏には、伯父憎しのあまり無関係の私まで罰してしまったという罪悪感がある。結局のところ、ヴィトが、ガヴィア一族の私と永続的な関係を結ぶことはないだろう。

ヴィトが私に飽きたとたん、私は歓迎されざる客となる。二人を結びつけているものはきわめて少ない。欲望と罪悪感だけ……。

とはいえ、ヴィトはフローラ自身を見てくれた初めての人だった。それだけに、彼のもとから立ち去ることはできないとわかっていた。今はまだ。

私をこんな気持ちにさせる男性が、ヴィトのほかにもいますように。フローラは願うしかなかった。

ショーが終わってアパートメントに戻ると、二人の営みはいつも以上に熱がこもっていた。

共に絶頂を迎えたあとも、ヴィトは長い間、ぴたりと体を合わせていた。フローラの中に入ったまま。

フローラも動けずにいた。いつの日かヴィトと別れたあとも、この夜の出来事を隅々まで思い出せるよう、脳裏に焼きつけておきたかったからだ。

しばらくしてヴィトはフローラの腕の中から抜け出した。驚いたことに、彼は彼女を抱き上げてベッドを出て、バスルームに入った。そしてバスタブにそっと彼女を横たえ、シャワーのスイッチを入れた。

「髪が……」フローラは弱々しい声で抗議した。

「大丈夫だ」ヴィトはなだめた。

フローラは顔に湯のしぶきを浴びながら、ヴィトの手に身を委ねた。大きな手が彼女の体を隈《くま》なく撫でまわす。それが終わると、今度はフローラが両手を石鹸《せっけん》で泡立てて彼の体を探り、力強い筋肉や張りのあるヒップの感触を大いに楽しんだ。そして、二人は唇を貪り合い、湯気が立ちのぼる中、体を重ねて再び絶頂に達した。

やがてヴィトは半ば笑いながら言った。「本当は体を洗うだけにするつもりだった。だが、きみに触れずにはいられないし、欲望を抑えるなんて不可能だ。いったい、きみは僕に何をしたんだ？」

「私のほうこそききたいわ。あなたは私にどんな魔法をかけたの？」そう言いながらも、フローラは贈り物の件でまだ傷ついていた。

体をざっと拭いて、裸のまま寝室に戻ったとき、フローラは現実に返った。

「そろそろ私は自分の部屋に戻ったほうがいいわね。髪も濡《ぬ》れているし」

彼に見つめられ、フローラはどきどきした。彼女はずっと彼のベッドで寝起きしていた。そろそろ、彼と距離をおき始める頃合いかもしれない。

ヴィトは彼女の手を握りしめた。「きみは行きたいのか？　そうでないなら、ここにいるべきだ」

結局、フローラの決意は彼の言葉に打ち砕かれ、二人はベッドに戻った。張りつめた沈黙が広がる中、フローラはひどく疲れていたが、同時に活力を得てもいた。今しがたの情熱的なセックスがもたらした充実感と、贈り物を拒絶された痛みの間で、彼女の心は揺れていた。

横向きになって腕枕をしてヴィトを観察しているうちに、フローラの中の何かが溶けていった。彼の目は閉じられ、長いまつげを頬に伏せている。顔は穏やかで、休息中も驚くほどハンサムだった。筋の通った高い鼻はもちろん、顎の無精髭《ぶしょうひげ》さえいとおしい。

ふいにヴィトが身じろぎをして、フローラはいささか焦った。彼が目を覚まし、こんなふうに彼を熱心に観察しているところを見られたらたまらないと思ったのだ。しかし、すぐにヴィトは小さないびきをかきだすと、彼女はベッドを抜け出し、一度もベッドを使ったことのない自室へと忍び足で向かった。

10

「今朝、きみはベッドにいなかった」

フローラは朝食の席でヴィトの視線を避けて言った。「髪でシーツを濡《ぬ》らすのは悪いと思って、私の寝室に移ったの」

「これが新たな習慣になるのか？」

フローラはしかたなく彼を見た。「そのほうがいいんじゃないかしら」

長い沈黙のあと、ヴィトが言った。「確かにそうかもしれない」

「あなた、いびきをかくから」フローラはいたずらっぽく目をくるりとまわした。

ヴィトは眉をひそめた。「きみだって、かくよ。

ただ、僕はそんな失礼なことは口にしない」

フローラはあんぐりと口を開けた。「まさか。私はいびきなんてかかないわ」

「なぜわかるんだ？」

フローラは小さなペストリーを手に取り、にやりと笑うと、彼に投げつけた。彼が見事にキャッチし、フローラの心臓が跳ねた。

彼はコーヒーを一口飲み、口を拭って立ち上がった。「今日の午後に発《た》つが、ローマに戻る前にロンドンに立ち寄らなければならないんだが、大丈夫か？」

フローラはジェットコースターに乗っているような気分になった。ロンドン——悲しい記憶が染みついた街。両親と弟を事故で亡くして以来、一度も戻っていない。「どれくらい滞在するの？」

「ほんの二、三日だ。イベントに出席しなければならないし、マッシモ・ブラックに会いたいんだ」

キャリー・ブラックにまた会えるという期待にフローラは少し胸をふくらませた。そして、あることを思いついた。「今朝また犬の散歩とちょっとした買い物をミセス・ワインバーグに頼まれたの」

「きみはわかっているのか？」ヴィトはおもしろがるような口調で応じた。「この建物に住んでいる人なら、いつでも犬の散歩や買い物を頼めるという特権を持っているって」

フローラはほほ笑んだ。「そうかも。でも、その人はただ寂しくて、誰かと触れ合いたいだけかもしれない。さほど悪いことだとは思わないけれど？」

ヴィトはかぶりを振りながら彼女のところまで来ると、かがんで彼女を抱きしめた。「きみはあまりにもいい人すぎて……だが、本当はそうじゃない」

「どういう意味？」

ヴィトは再びかぶりを振り、身を起こした。彼女が親切なふりをしているというほのめかしは、フローラを深く傷つけた。

「いつもそんなふうに勘繰ってばかりいて、疲れない？　物事は、そして人も、見かけどおりかもしれないでしょう」

ヴィトの表情が硬くなった。「世界のどこかではそうかもしれない。だが、僕の世界では違う」

フローラは悲しくなった。「だとしたら、あなたの住む世界はとても孤独で寂しい場所に違いない」

彼の目がきらりと光った。「今はそれほどでもないよ」そう言うなり、彼は部屋を出ていった。

今は――その言葉は、その日の午前中ずっとフローラの頭の中で鳴り響いていた。ヴィトはすでに、二人の関係は有限だと伝えていたにもかかわらず。

ロンドンは蒸し暑く、灰色の雲に覆われ、嵐が迫っていた。まるでフローラの中に吹き荒れる嵐を映したかのように。その嵐は、彼女とヴィトの間に生

まれたものをすべて破壊するだろう。その残骸の中で立ち直り、再出発ができるよう、フローラは祈るしかなかった

彼女は今、感傷的な気分で、ロンドンを象徴する高級ホテルの最上階にあるスイートルームを見まわした。私は自分がこのホテルになじんでいると感じるべきだ。クリーム色のペンシルパンツにおそろいのシルクのブラウス。髪を後ろにまとめて三つ編みにしたのは、ヴィトからイギリスのパパラッチについて忠告されていたからだ。彼らはセレブをつかまえるために、空港に到着するプライベートジェットを見張っているという。

アメリカでは、フローラはそんなことは気にもかけないでいられたが、ロンドンではそうはいかない。

スイートルームは豪華だった。ベルベットの絨《じゅう》毯《たん》は分厚く、あちこちに現代アートの作品やアンティークの置物が置かれている。家具はどれも精巧だ。

しかし、この豪華さはなぜか彼女の気分を不安定にさせた。この世界に嘲笑されているかのように。

そのとき、ベンジーが部屋に入ってきて、ルイ十六世の宮廷にあったような椅子の脚のあたりで鼻をくんくんさせ始めた。彼が片足を上げる前に、フローラは抱き上げてテラスに出た。ベンジーを下ろしてあたりの景色を眺めているうちに、フローラは久しぶりにロンドンに戻ってきたことを実感した。そして、彼女のことを、おのれの評判を回復させるための見せかけの恋人としてしか見ていない男性に恋をしていることとは別に、自分が何に苦しめられているのかに気づいた。

間違いなくヴィトは危険なほど魅惑的な方法で私をすてきな気分にさせてくれる。その一方で、彼にいいように操られている気がしてならない……。

そのときだった。彼女の鬱々とした感情が呼び寄せたかのように、ヴィトがドア口に現れた。ボタン

ダウンのシャツにズボンというカジュアルな格好で。

ヴィトは空を見上げた。「雨が降り始めたよ」

「だから何？　ただの雨よ」フローラはぶっきらぼうに返した。

彼がテラスに出てきた。

「フローラ、どうしたんだ？」

自分の思いをうまく言葉にできないまま、フローラは口走った。「私はあなたが好きなように動かせる人形じゃないのよ」

ほんの数秒で二人はずぶ濡れになった。フローラは雨音に負けじと声を張りあげた。

「私にわざわざ言わないでね、わかった？」

「何をだ？」

フローラは唇を噛《か》んだ。「私を必要としなくなったということをよ。ある日突然、朝食をとりながら、きみとはもう終わりだと告げられるなんて、絶対にいや」

「別れを切りだすのは、きみのほうかもしれない」

そんなことはありそうもないと思いながらも、フローラはその考えを受け入れた。「もしかしたら、そうなるかもしれない。ある朝、あなたが目を覚ましたら、私は消えているかも」

フローラは、夢や目標に向かって自分の人生を歩んでいこうと決めていた。たとえそれがまだぼんやりとしたものであっても。彼女はその瞬間、散々だった結婚式のあとの数日間を生き延びることができたことに感謝した。あれを乗り越えたのだから、ヴィトと別れてもきっとやり直せる。私に計り知れない精神的苦痛を与えるだろう男性は、私自身の主体性と強さを呼び覚ましてくれる存在でもあるのだ。

ヴィトが近づいてきて、フローラの腰に手をまわして抱き寄せた。稲妻が光り、雷鳴がとどろく中、彼は反論した。

「いや、ありえない。きみは僕のものだ」

フローラは腕を彼の首に巻きつけた。「ええ、今のところは」

すると、ヴィトは彼女を抱き上げ、テラスからスイートルームの寝室に運んだ。そして、二人は生まれたままの姿で向き合った。

「ヴィト、私を愛して」

今この瞬間、フローラは彼のものであり、ヴィトは彼女のものだった。


翌日、ヴィトは会議中も気がそぞろで、しまいにはフローラのことは考えまいという決意を放棄した。その朝、彼女はベンジーと散歩に行くと言っていた。今夜、二人はあるイベントに出席することになっていて、ヴィトはフローラをホテルに迎えに行くよう車の手配をした。もちろん、彼女の身支度を手伝うスタッフの手配も忘れはしなかった。髪をアップにし、メイクでそばかすを隠す前の彼女が好きだったにもかかわらず。

あの嵐のあと、フローラと愛し合ったときの記憶が血と体の中に残っていたうえ、ヴィトは彼女の言葉を忘れられずにいた。

〝私はあなたが好きなように動かせる人形じゃないのよ〟

〝ある朝、あなたが目を覚ましたら、私は消えているかも〟

今朝、ヴィトが目を覚ますと、フローラは彼の背中に寄り添い、片方の腕は彼の腰にかけられていた。しかし、彼は覚悟していた。今日ではないかもしれないが、いつかはその日が来るだろう、と。

「ヴィト？」

スタッフの声にヴィトははっと我に返り、窓辺で物思いにふけっていたことを思い出した。携帯電話が鳴っていた。画面を見ると、フローラからメッセージが入っていた。表示された位置情報によると、メイフェアの住宅街にいるらしい。彼は顔をしかめた。彼女はメイフェアで何をしているんだ？

ヴィトは会議テーブルを囲む面々に向かって言った。「もう終わりにしよう。急用ができたんだ」フローラのところに行かなければならない。

裏庭に立っていたフローラは突然、腕に鳥肌が立つのを感じた。ヴィトだ。来てくれたのだ。彼女ははっきりと頼んだわけではないが、来てくれるよう願っていた。

ヴィトが近づいてきて尋ねた。「この家を買いたいのか？」

フローラは首を横に振った。「いいえ、もちろん違うわ。内覧会をやっていたの。売りに出されているなんて知らなかった」

「それで、どうしてここにいるんだ？」

フローラは喉をごくりと鳴らした。「私はここに八年間、両親と弟と住んでいた。三人の死後、伯父が売り払い、その代金も私の遺産になったの」彼女の顔がゆがんだ。「いくらで売れたのかしら？」

ヴィトは彼女の前に立ち、緑豊かな広い庭の視界を遮った。ベンジーがあたりをうろつき、垣根の匂いを嗅いでいる。

フローラはまともにヴィトを見ることができなかった。自分の中でふくれあがる感情が怖かったからだ。インターネットの不動産情報を何気なく見ていたとき、売りに出されているのがかつての実家だと気づいた瞬間、フローラは思った以上に胸を揺さぶられた。そして自分が何をしているのかさえ知らずに、足を向けたのだ。

ヴィトが真顔で言った。「欲しいなら、買ってやろうか？」

彼女は口元に手を当て、首を横に振った。「いいえ、家はいらない。正直な話、ここで暮らしていた頃のことはあまり覚えていないの。家族三人を亡くしたことで、頭の中が真っ白になったからだと思う。つらすぎて思い出せない。私たちはここでとても幸せに暮らしていた。でもときどき、あんなに完璧だったはずがないと思うことがある……」ヴィトの背後に何かを目に留め、彼の手をつかんだ。「確認したいことがあるの」

フローラは彼を庭の隅に立つ木に連れていくと、しゃがみこんで葉を脇に寄せた。そして幹の上に目当てのものを発見し、彼女は歓声をあげた。

「見て、まだあったわ」

ヴィトは彼女の傍らにかがんだ。「何が残っているんだ？」

彼女は幹に刻まれた文字を指でなぞり、声に出して読んだ。「フローラとチャーリーとトリュフ」事故の少し前に彫ったものだった。

「トリュフとは？」彼がきいた。

「飼い犬よ。毛むくじゃらの大きなゴールデンレトリバー。伯父が許してくれなかったから、ローマには連れていけなかった」

ヴィトが立ち上がった。彼の荒々しいエネルギーを感じてフローラも立ち上がると、彼の顔は怒気を帯びていた。

「どうしたの、ヴィト？」

彼の目は黒曜石のようだった。「きみの伯父がきみにした仕打ちの数々を思うと、もう一度ウンベルトを追いかけて心臓をえぐり出してやりたい」

フローラは彼の腕にそっと手を置いた。「伯父にはあなたがかかずらうほどの値打ちはないわ」

「きみはなぜ怒らないんだ？」

「そんな余裕はなかったもの。私は彼だけが頼りだったし、両親と弟が死んだのは伯父のせいではないもの。あれは雨の夜、私を友人の家まで送ってくれたあとの不慮の事故だった。もしあの夜、私が友人の家に行く約束をしていなかったら……」

「きみのせいじゃない。ウンベルトに遺産を盗まれたのも、きみの落ち度じゃない」

フローラは肩をすくめた。「お金はさほど重要ではなかった」

「遺産を受け取る資格がないと感じたからか？　自分が両親と弟を死なせたと思いこんでいるから？」

ヴィトの言葉はフローラの胸に突き刺さった。結婚式の日に花嫁を捨てるという最悪の屈辱を私に与えた冷酷な男性が、どうして私の奥深くにある恥ずべき恐怖に気づいたのだろう。

フローラはヴィトのあまりに鋭い洞察力から身を遠ざけたくなり、木から離れて歩きだした。「もしご両親が亡くなっていなかったら、あなたは今みたいに多くのことを成し遂げられたと思う？」

「わからない。環境は僕たちを形づくる。もし父が破滅していなかったら、僕は今のような成功への渇望を抱かなかったかもしれない」

フローラは鼻にしわを寄せた。「いいえ、あなたは野心家だから、今と同じ成功を収めたと思う」

「そうかもしれないが、遅かれ早かれ、きみの伯父と対立していただろう。彼は競争に耐えられず、僕を狙い撃ちにしたに違いない」

ふと思い立ってフローラは尋ねた。「復讐《ふくしゅう》を果たして、今あなたは幸せ？」

彼は驚いたように足を止めた。「一つのことで頭がいっぱいでないことを除けば、あまり変わっていない。実のところ……いささか拍子抜けしている」

そう答えて歩きだしながら、彼は続けた。「きみはどうなんだ、両親を亡くして？」

「私は八歳で、何がなんだかわからなかった。しばらくの間、泣かなかったことは覚えている」

「結局、あとになって泣いたのか？」

フローラは胸を締めつけられた。「ええ。落ち着いたあとで」当時のことを思い出したくなくて、彼女は再び尋ねた。「もしすべてを失っていなかったら、あなたは今頃、家族を持っていたかしら？　正義を求めることに血眼になっていなかったら？」

ヴィトは首を横に振った。「もともと僕は家族を持つことに関心がなかった。父は仕事中毒《ワーカホリック》で、しばしば僕を仕事場に連れていき、多くの時間を一緒に過ごした。母は表には出さなかったが、悲しんでいたのは間違いない。ただ、父も母も僕を愛してくれたし、僕も彼らを愛していた。それは確かだ。きょうだいがいなくても寂しくなかったから、特に子供が欲しいと思ったことはない。それに、僕はいい父親にはなれないと思う」

そうした彼の考えは前にも聞いていたにもかかわらず、フローラはショックを受けた。一匹狼《いっぴきおおかみ》でいるのをやめ、家族を求めてほしかった。そして、フローラは彼の家族の一部になりたかった。

ヴィトが足を止め、フローラに向き直った。「きみはどうなんだ？」

かつての実家の裏庭でほろ苦い思い出に浸っていたフローラはびくっとして、ほとんど独り言のようにつぶやいた。「家族は……欲しい。喪失の悲しみと恐怖を抱えているけれど、それでも、いつかはあの幸せを再体験してみたい」

「きみは必ずそれを実現し、幸せになれる。フローラ、きみにはその価値がある。だが、僕は利己的な男だから、その任にはない」

フローラは彼の主張を拒絶するかのように胃のあたりが締めつけられる感覚を無視した。初めから私の未来にヴィトはいないと自分に言い聞かせながら、彼女はぐいと顎を上げた。「それで、あなたは何を望んでいるの？」

ヴィトは彼女に手を伸ばした。「はっきり言ったはずだ。僕が欲しいのはきみだ、フローラ」

彼女は喜んでヴィトの腕の中に入り、この場所から、思い出から、絶望的な夢から抜け出した。

その夜、ロンドンで最も高級なアートギャラリーで大規模なチャリティイベントが開催されていた。

フローラは広大な広間にいるとき、ヴィトに目を向けた。招待客の波にのみこまれる前に、彼に言いたいことがあったのだ。

彼女がヴィトの手を握ると、彼に見つめ返され、顔が熱くなった。少し前の出来事のせいで、彼女の体はまだうずいていた。スタイリストたちが去り、ヴィトがドレッシング・ルームに入ってきたとき、一瞬で空気が変わった。彼はすらりとした黒いシルクのイブニングドレスを着た彼女を一目見るなり、息をのんだ。そして……。

その後三十分ほどの間に起こったことは、これまでになく激しいものだった。優雅に結われたフローラの髪はすっかり崩れてしまい、今では奔放に肩の上で躍っていた。

彼女はヴィトをにらんだ。なぜなら、フローラの顔は情事の名残で上気していたのに、彼は何事もなかったかのように平然としていたからだ。

ヴィトは眉をひそめた。「なんだ?」

フローラは気を取り直して言った。「お礼を言いたかっただけ。さっき女性支援センターのマリアが、あなたの寄付のおかげで新しい施設ができるとメールで知らせてくれたの。広々とした土地を入手でき、子供たちがペットと一緒に入居できるようになるそうよ。それがどれほど意味のあることか、あなたにはわからないでしょう……」感情があふれ、フローラは言葉を切った。

ヴィトは彼女の手を握った。「今日を境に、それがどんなに特別なことかよくわかったよ」

フローラは彼を見上げた。二人の間に深いつながりがあるのは明らかだった。ヴィトは気づかないのだろうか？　ああ、もどかしくてたまらない。

　そのとき、誰かに背中をたたかれ、フローラは振り向いた。キャリー・ブラックだとわかるやいなや、感情があふれ、衝動的に抱きしめた。彼女の夫はヴィトと挨拶を交わしている。フローラは恥ずかしくなって抱擁を解いた。「ごめんなさい。ちょっと大げさすぎて、この場にふさわしくなかったわ」

　キャリーは笑い、フローラの腕を取った。「ああ、信じて、フローラ。私もあなたに会えてすごくうれしい。男性陣は放っておいて、有名人でも探しに行きましょう。さっきハリー・スタイルズを見たわ」

　しばらくの間ヴィトから離れることができ、フローラはほっとした。

　ヴィトはしばらく前にフローラとキャリーの姿を見失い、そわそわしていた。マッシモ・ブラックに集中するべきだとわかっていたにもかかわらず。

「どんな感じかはわかるよ」マッシモ・ブラックは皮肉っぽい口調で言った。

　ヴィトはマッシモを見た。「なんのことです？」

「心をむしばまれるってことがだ」

　とたんにヴィトは無防備な気分になった。「何にです？」

「女にさ。私もキャリーに出会うまではそんな経験はしたことがなかった」

　ヴィトは反射的に首を横に振った。自分とフローラの関係は、ブラック夫妻の関係とは違うと否定するかのように。だが、マッシモは気づかずに続けた。

「きみの評判を聞きつけ、私はきみの会社に投資する気が失《う》せていたんだ。翻意したのは、正直なところ、彼女の手柄だ」

　ブラックが差し出した手を、ヴィトは握り返した。

「ありがとうございます。予想外の展開です」

「もし、フローラがいなかったら、こんなふうに握手はしていない」ブラックは断言した。「古風に聞こえるかもしれないが、妻とか子供とか、責任を負うべき家族がいる人間のほうが信用できる気がするんだ。きみは彼女を手放してはいけない」

フローラを手放すこと、自分の近くに彼女がいない状態を考えただけで、ヴィトは気がめいった。しかしすぐに自分に言い聞かせた。今はまだ彼女に未練があるからだと。「もちろん、手放しはしません」手放すとしても、今ではない。

そのとき、キャリーが現れた。ヴィトは、夫妻が熱っぽく見つめ合うのを見て、自分が邪魔者のように思えた。彼は咳払《せきばら》いをした。

「フローラは？」

「あら？」キャリーはあたりを見まわした。「ああ、そこにいるじゃない」

背後から近づいてきたフローラに気づき、ヴィトは振り返った。彼女の表情には、彼を二度見させる何かがあった。顔色が悪く、笑みはぎこちない。気になったが、ひとまずマッシモ・ブラックの相手をしなければならなかった。

「ロンドンを発つ前に、会合の手配をしておくよ」

ヴィトはほほ笑んだ。「よろしくお願いします」

キャリーは二人にほほ笑みかけた。「おやすみなさい。またすぐに会えるとうれしいわ」

女性同士の温かさは本物で、ヴィトは改めて感じ入った。これまで考えたこともなかったような方法で人生を豊かにしてくれる人がそばにいるのがどんなにありがたいか。本人が言っていたように、もしフローラと一緒でなかったら、ブラックは僕と仕事をする気にならなかっただろう。これこそが、フローラをそばに置こうと思った理由だ。そうだろう？

ヴィトはフローラをちらりと見た。顔色が悪い。彼は彼女の手を取って尋ねた。「大丈夫か？」

「ちょっと頭痛がするの」

「もう帰ろうか？」

フローラはうなずいた。「差しつかえないなら」

二人は外に出てまもなく、ヴィトの運転手が迎えに来た。帰途の車内は静かだった。フローラらしくなく、ヴィトは内心、穏やかではなかった。

ホテルのスイートルームに着いても不穏な空気は続き、フローラは彼の目を見ずに言った。

「邪魔にならないように、別の部屋で寝るわ」

「フローラ、本当にただの頭痛なのか？　医者に診てもらったほうがいい」

彼女はすぐさま首を横に振った。「鎮痛剤をのんで寝れば、朝にはよくなっていると思う」

過剰反応だと自分に言い聞かせ、ヴィトはフローラの後ろ姿を見送った。小走りであとを追うベンジーを見て、彼は自分も犬と大差ないと気づいた。

11

フローラは嘘《うそ》をつくのが嫌いだった。頭が痛いわけではない。彼女が抱えていたのは心の痛みであり、それに効く鎮痛剤はなかった。彼女は長い間ベッドに横たわり、天井を見上げていた。

偶然に聞いたマッシモ・ブラックとヴィトのやり取りが耳にこびりついていた。自分の名前が出てきたので、鉢植えの陰に隠れていたのだ。ヴィトがブラックに、フローラを手放さないと断言したとき、彼女は計算高い彼の頭の中で歯車がまわるのが聞こえた気がした。

とはいえ、ヴィトを責めることはできなかった。この異例の取り決めを始めた背景には損得ずくの思惑があった。彼にとっては特定の女性と交際していると見られることが自分の評価にプラスに働き、彼女にとっても教会に置き去りにされた花嫁という不名誉を打ち消すことができる利があると。

そしてフローラは、マッシモ・ブラックがヴィトにとっていかに重要な人物か知っていた。ブラックの投資は、ヴィトのビジネスを一段高いところへ押し上げるだろう。フローラはそうなることを望んでいた。彼を愛していたからだ。けれど、ヴィトがそれを歓迎しないことはわかっていた。

もし私が愛を告白したら、どうなるだろう。ヴィトは別れを切りだすだろうか？　あるいは、なお悪いことに、ビジネスのためにこれまでどおり感情を交えずにとどまってくれと懇願するかもしれない。

どちらのシナリオも吐き気を催した。

フローラは眠れなかった。一つの考えがすべてを支配していた。それは、ヴィトが彼女の気持ちを知ったら、関係を終わらせる可能性が高いということだった。愛を告白したら、明日が彼に会う最後の日になるかもしれないのだ。冷たい恐怖に襲われ、フローラはベッドから跳ね起きた。

彼女は月明かりを頼りにスイートルームの中を歩き、ヴィトの寝室のドアを押し開けた。彼はシーツを腰に巻いただけの全裸でベッドに横たわっていた。

気配を察したのか、ヴィトが目を開け、すぐさま起き上がった。「フローラ？」

フローラは歩を進め、ベッドの手前で立ち止まった。「ええ、私よ。頭痛が治ったの」

嘘つき。心の声がなじったが、フローラは無視した。彼女はヴィトを必要としていた。あと一度でもかまわない。

ヴィトが手を差し出すと、フローラはそれが命綱でもあるかのようにしっかりと握った。

彼はフローラをベッドに引き上げて仰向けに横た

えた。見上げる彼の顔はなぜか青ざめていた。

「夢を見ていたんだ。きみがいなくなって、いくら捜しても見つからなくて……」

フローラは無精髭《ぶしょうひげ》に覆われた顎を撫《な》でた。「私はここにいるわ。どこにも行かない」そう言ったとき、彼女は自分を追いつめているとわかっていた。彼女はあまりにも弱く、彼が欲しくてたまらなかった。そして、彼に求められているうちは、この関係にしがみついていたかった。

二日後の夕方、二人はヴィトの車でローマ空港から彼の家に向かっていた。彼が携帯電話で話をしている間、フローラはヴィトの手を握っていた。通話が終わると、彼は彼女を見て言った。「すまない」

フローラは肩をすくめた。「マッシモ・ブラックとの会合はうまくいったの？」

ヴィトはうなずき、ほほ笑んだ。「来週、契約書に署名する。夫妻はお祝いに僕たちとディナーを共にしたいと言っている。いいね？」彼はフローラの手を持ち上げ、手のひらの内側にキスをした。

とたんにフローラの心拍数は跳ね上がった。

私はあと一週間、我慢できるかしら、ヴィトのビジネスのために？　彼への深い愛を隠して？

フローラは無理やりほほ笑んだ。「もちろんよ」

ヴィトはいぶかしげに彼女の顔をのぞきこんだ。「本当に大丈夫か？　この間の夜から、どうもきみらしさが見られない」

彼の観察力に驚きながらも、再びフローラはほほ笑んだ。「大丈夫よ、ちょっと疲れただけだから」

「今夜は約束がないから、テイクアウトにしよう」

フローラは背筋を伸ばした。「私がつくるわ！」言ったあとで、以前ヴィトに却下されたことを思い出した。同じことが繰り返されると覚悟したが、うれしい誤算が待っていた。

「きみがそうしたいなら、かまわないよ」

フローラは意気込んでうなずいた。伯父の家政婦に手ほどきを受けて以来、ずっと料理が好きだった。

わざとヴィトは眉をひそめた。「パスタ・アラビアータ以上のものを期待しているよ」

彼女はにやりとした。「挑戦を受けて立つわ」

ヴィトはキッチンのドア口からフローラを眺めていた。誰かが自分のために料理をつくるのを見るのは新鮮だった。

彼女はカットオフのデニムパンツと真っ白なシャツを身につけていた。髪は無造作に結われ、化粧はしていない。シャツの袖はまくり上げられ、素肌がのぞいていた。そこに触れたくて指がうずきだし、ヴィトは視線をそらした。フローラは米とパン粉で何かつくっている。「料理はどこで習ったんだ？」

彼女はヴィトをちらりと見て答えた。「伯父が雇っている家政婦の一人で、シチリア出身のジャンナという女性からよ。伯父夫婦が留守のときは、追加料金で彼女が私の面倒を見てくれたの」

「ナニーはいなかったのか？」

フローラはうなずいた。ヴィトはウンベルト・ガヴィアにおなじみの深い怒りがこみ上げるのを感じたが、ぐっとこらえた。

「イブニングドレスを着てイベントに出席するより、ここにいるほうが幸せなんだろう？」

フローラはまた彼に目を向けた。ここ数日、彼女は元気がなかった。そのことに気づいた自分に、ヴィトは軽いショックを受けた。

フローラは恥ずかしそうに答えた。「伯母が留守のときは、伯父にパーティの司会を頼まれるのだけれど、いやでたまらなかった。言葉につまったりして何度気まずい思いをしたことか。でも、ドレスアップしてあなたとイベントに行くのは楽しかった。あなたは私といて、気まずい思いはしなかった？」

「するわけがない」フローラは生真面目で温かく、おそらくヴィトがこれまで会った中でいちばんすてきな人だった。

「それはともかく」彼女はナイフを彼に向けて言った。「そんな格好で夕食の席につかないで」

彼はトレーニング用のスウェットパンツとTシャツに目を落とした。「ドレスコードがあるのか？」

フローラは考えこむように首を傾けた。「スーツで充分よ。ネクタイは必要ないわ」

この団欒《だんらん》とも言える光景に、ヴィトは言い知れぬ魅力を感じた。両親の死と共に失った家庭の調和と幸福をもう一度味わいたいと思ったことはなかったにもかかわらず。彼は危険を感じて急いで心を閉ざしたものの、フローラに何か言う必要がある気がした。彼女に二人の関係の基本ルールを思い出させるために。だが、彼女に先を越された。

「あと一時間ほどでできるわ。それまではここに来ないで。あなたがいると気が散って」

フローラはヴィトを見ていなかった。彼女は料理に集中していた。まるで疎外されているようで、彼はいらだった。本来は彼女が距離をおこうとしていることに安堵《あんど》するべきなのに。

もしかしたら、二人の関係の基本ルールを思い出す必要があるのは僕のほうかもしれない……。

フローラは鏡の前に立った。シャワーを浴び、髪は下ろしたままだ。メイクは最小限にとどめ、ドレスは大胆なブロンズ色のシルクのドレスを選んだ。体にぴたりとフィットし、片方の腰の上にスリットがあり、一方の肩は完全に露出している。膝丈のそのドレスを着た彼女は、セクシーで若々しく見えた。

素足で行くつもりが、ヴィトにスーツを着るようにと言ったことを思い出し、金色のストラップサンダルを履いた。

キッチンに戻ると、急に胸がどきどきし始めた。外食するわけでもないのに、なぜかデートのような気分になっていたからだ。ばかげている。マッシモ・ブラックとの取り引きが終わったら、私は用済みになるかもしれないのに。

もっとも、ヴィトが彼女に触れたり、彼女を見たりする様子から察するに、二人の相性は相変わらず抜群だった。自分がこれほどまでに男性を求めるなんて、フローラは夢にも思わなかった。

「この格好でいいかな？」

アランチーニを二つの皿にのせていたフローラは、その声に顔を上げた。そのとたん心臓が止まった。ヴィトが白いシャツと黒っぽいズボンを身につけてドア口に立っていた。まだ湿っている髪は後ろに撫《な》でつけられ、セクシーとしか言いようがなかった。

彼女はなんとか声を絞り出した。「ええ、それで結構よ」

彼がキッチンに入ってくると、その暗い視線が全身を舐《な》めるようにさまようのを感じ、フローラの体はかっと熱くなった。

「きみは……食べられそうだな」

足が震え、今にもその場にくずおれそうで、フローラはすばやく彼に皿を差し出した。「これを持っていって。私もすぐに行くから」

「はい、奥さま」

フローラは気を取り直し、激しく脈打つ手首に水をかけて冷やしたあと、ダイニングテーブルについた。テーブルの中央には花瓶が置かれ、彼女がテラスの鉢植えから摘んできた花が生けられている。

白ワインで乾杯したあと、ヴィトはテーブルを目で示して言った。「実にすばらしい」

フローラは顔を赤らめた。「大したことじゃないわ。さあ、アランチーニが冷めないうちに食べて」

アランチーニは、チーズをまぜたリゾットボールにパン粉をまぶして揚げたシチリアの伝統料理で、フローラがジャンナから最初に習った料理の一つだった。

ヴィトは一口食べて目を閉じた。「今まで食べた中で最高のアランチーニだ」

フローラは口元をほころばせ、さらに頬を赤く染めた。「お世辞は不要よ。でも、ありがとう」

「いや、本当だ。自分がこの地球上で最も洗練された味覚を持っていると言うつもりはないが、これは間違いなく最高の味だと断言できる」

「お母さまは料理が上手じゃなかったの？」

ヴィトは顔をしかめた。「ああ、得意ではなかったな。父も食べ物には無頓着だったから、食卓にのぼるのはほとんど加工食品だった」

「お母さまは働いていたの？」

「僕が学校に通っている間は、週に何日か仕事をしていた。次の子供はもう諦めていたんだと思う。なかなかできなかったから」

フローラはワインを一口飲んだ。「きょうだいがいなくても寂しくないと前に言っていたわね？」

「ああ」ヴィトはうなずいた。「たぶん、友だちがたくさんいたからじゃないかな」悲しげにほほ笑んで言い添える。「正直に言えば、両親の注目を一身に集めるのが心地よかったのかもしれない」

フローラの心は揺れ動いた。彼はときどきこんなふうに自虐めいたことを言い、彼女を驚かせた。最初は伯父と同類の冷酷で権力に執着するタイプだと思っていたが、まったくそんなことはなかった。確かにヴィトは復讐《ふくしゅう》するために力を手に入れたが、明らかに生来の才能と知性を持っていた。そして、その根底には優しさがある。まだ私を信頼していない段階で、私を受け入れた。もしかしたら、彼はまだ私を完全には信頼していないのかもしれない。

そう考えると、フローラの気持ちは沈んだが、無理やり明るい笑みを張りつけた。「メインディッシュの用意を始めてもいいかしら？」

ヴィトはうなずいた。「アランチーニは最高においしかった。ありがとう」

しばらくしてフローラは、柔らかなステーキと、オリーブオイル、レモン、ニンニク、オレガノでつくったソースと共にテーブルに戻った。

ステーキを味わいながら、ヴィトは感嘆の声をあげた。「これはすごい。シェフになろうと思ったことはないのか？」

フローラは感激した。伯父と伯母にしか料理をつくったことがなく、こんなふうに称賛されたのは初めてだった。「そこまでの思い入れはないわ」

「グラフィックデザインは？」

「料理と違って、今も手がけたいと思っているの。母方の祖父は有名な芸術家だったから、その血が流れているんじゃないかしら」

「イギリスにはきみを引き取ってくれる親戚はいなかったのか？」

古い悲しみと痛みを追い払おうと、フローラはかぶりを振った。何年も彼女はそれをうまく閉じこめてきたが、ヴィトと一緒にいる今、にわかに頭をもたげた。二人の親密さが彼女の心の壁を突き崩したかのように。「ええ。母は一人っ子だったから。私は伯父に頼るしかなく、その結果すべてを失った」

「いや、すべてじゃない」ヴィトが言った。

彼が何を言っているのかわからず、フローラは尋ねようとしたが、その前に彼は部屋を出ていった。

一分後、ヴィトが戻ってきて、彼女に一枚の名刺を差し出した。肩書きを読むと、相続法の専門家らしい。「この人が何か？」

「僕は彼に連絡を取り、きみが相続するべき資産について調べてもらった」

フローラはいぶかしげに眉根を寄せた。「でも、遺産はもうないのよ」

ヴィトは首を横に振った。「ウンベルトは完全に使い果たしたわけではない。彼はまだ金を持っている。一からやり直すには足りないが、生活するには充分な額だ。僕は彼に連絡し、もしきみに遺産と利息を支払わなければ、法的措置を取ると脅した」

ヴィトが数百万ユーロという金額を口にしたとき、フローラは頭がくらくらした。

「おそらくウンベルトの金の大半が消えるだろうが、彼が最も避けたいのは、横領罪で刑務所行きになることだから、こちらの要求をのむはずだ。この弁護士は、きみの口座への振込手続きを開始するために、きみに会う必要があると言っている」

フローラは伯父と伯母の顔を思い浮かべ、胸を痛めた。それを察したのか、ヴィトが続けた。

「フローラ、きみのご両親がきみに残したものを、ウンベルトはけっして奪うべきではなかったんだ」

フローラは、友人宅の前で別れた両親が車の中で見せた、愛に満ちた最後の笑顔を思い出した。そして、ヴィトがしてくれたことに、胸がいっぱいになった。両親が亡くなって以降、思いやりを示してくれたのは彼だけだった。

「僕はよけいなことをしたのか？」

「いいえ」彼女は首を横に振り、こみ上げる涙をまばたきで押しとどめ、感情をのみこんだ。「ただ、本当は自ら対処するべきだった。でも、伯父に立ち向かうと思うと、いつも罪悪感が湧いてきて……」

ヴィトは彼女の手を取って引き寄せ、膝の上に座らせた。フローラのヒップの下には彼の固い腿があり、感情の嵐の中にいても、血は沸き立った。

彼は彼女を抱きしめて言った。「あの男は遺産を狙ってきみを受け入れたにすぎない。きみは彼に恩義を感じる理由はない。きみはもっと多くのものを得るに値する人だ。どんな分野に進もうとも、きみには人に提供できるものがたくさんある」

フローラは感極まって彼を見つめた。今まで言われた中でいちばんうれしい言葉だった。彼女は、言ってはいけない言葉が口から飛び出す前に、彼の口に自分の唇を押し当てた。

ヴィトはキスを受け入れ、片方の手をドレスのスリットに忍びこませ、腰とヒップの素肌に触れた。さらに脚の付け根まで手を伸ばして愛撫《あいぶ》し、彼女をさらに興奮させた。危険な感情から気をそらしてくれるこの肉体的な気晴らしを、フローラは歓迎した。

しばらくして、陶然となりながらも、彼女は身を引いて言った。「クラブに踊りに行かない？」

ヴィトは眉をひそめた。「それより寝室に行かないか？」

心が動いたものの、自分をさらけ出すのを恐れてフローラはヴィトの膝から立ち上がった。そしてドレスを指し示した。「これはお出かけにふさわしいと思わない？」

ヴィトは眉をひそめた。「そのドレスを着たきみを、ほかの誰にも見せたくない」

フローラの血管を興奮が走り抜けた。「私がクラブに行ったのはあの晩だけよ」初めて体を重ねたときのことが思い出される。ずいぶん昔のようでもあり、昨日のことのようにも感じられた。

ヴィトは立ち上がり、フローラの手を取って言った。「よし、じゃあ出かけよう」

五分とたたないうちに、二人はヴィトの運転する車でクラブに向かった。フローラは後部座席に座り、夕暮れの歩道を行く人たちを眺めて楽しんだ。手を取り合う恋人たち、小さな子供を連れた家族……。

フローラは生まれて初めて、本当に自由だと感じた。そして、避けられない失恋にもかかわらず、未来に希望を抱いていた。以前、嵐を乗り越えることができたのだから、きっと今度も乗り越えられる。

本当に？　一瞬、雑誌やテレビ以外では二度とヴィトを見ることができないと思うと、言いようのない寂しさに襲われた。

「どうした？　幽霊を見たような顔をしている。気が変わったのか？」

フローラは首を横に振った。彼女には気晴らしが必要だった。「私は大丈夫」衝動的に言い添える。

「ありがとう」

「何に対する感謝かな？」

「あなたがその必要もないのに、いろいろと私によくしてくれたことに対して」

「いや、きみへの仕打ちを思えば、当然のことをしたまでだ、フローラ」

「あなたの敵の血が流れている私を許してくれただけで充分なのに」

その言葉は、ナイトクラブのＶＩＰ専用ブースへとフローラをいざなう間もずっと頭の中で鳴り響き、ヴィトを動揺させた。そして一瞬、フローラを信じようとする自分の本能を疑った。彼女が純粋で親切だと信じていた自分は、とんでもない愚か者だったのではないかと。

結局のところ、フローラの社会的な評判は回復し、遺産も取り戻せることになった。すべて僕のおかげなのだ。もしかして、僕との再会から始まった一連の出来事は、すべて彼女が仕組んだのだろうか？

疑念にむしばまれた自分にいらだち、ヴィトはシャンパンを注文した。フローラはストロボの光が照らし出すフロアと華やかな客たちに見入っている。彼女はほほ笑んでいた。まるで自分がやろうとしたことをやり遂げて満足感に浸っているかのように。

ヴィトはかぶりを振った。妄想は僕には似合わない。たとえフローラが僕を利用して遺産を取り戻そうとしたのだとしても、彼女は正当な権利を行使したにすぎない。何より肝心なのは、彼女がウンベルト・ガヴィアとの関係を断ち切ったことだ。伯父に対する彼女の嫌悪は間違いなく本物だった……。

シャンパンが届き、ヴィトはフローラにグラスを手渡した。彼女はほほ笑み、一口飲んだ。音楽のビートが変わると、フローラはグラスを置いて声を張りあげた。「踊りましょう」

踊りを楽しむためにこのクラブに来たことはなかったが、ヴィトはフローラに手を引かれ、しかたなくダンスフロアに行った。さっそく彼女が音楽に合わせて体を揺らし始めると、まわりの男たちの視線がいっせいに注がれた。たちまち独占欲が頭をもたげ、ヴィトは彼女に手を伸ばした。フローラに利用されていたとしても、それは些末《さまつ》なことだ、と自分に言い聞かせて。

数時間後、ヴィトのペントハウスに戻ったとき、フローラはほろ酔い気分だった。玄関ホールでサンダルを脱ごうと身をかがめたときによろめき、片方のサンダルを履いたまま、くすくす笑いながら立ち上がった。「シャンパンを飲みすぎたかも」

ヴィトはほほ笑んだものの、何か違和感を覚えた。

フローラはもう片方のサンダルを蹴るようにして脱ぐと、腕を大きく広げて言った。「ベッドに連れていって、ヴィト。そして愛し合って」

彼はさっとフローラを抱き上げた。「今夜はきみをふとんにくるんだほうがいいみたいだな」

彼女はヴィトのシャツの隙間に指を突っこんで素肌に触れた。「つまらない人」

「フローラ……」ヴィトは警告するように言った。

「黙って」彼女は彼のシャツのボタンをいくつか外してはだけ、素肌の匂いを嗅ぎ、舌で味わった。

それでもヴィトは動じずに寝室に向かい、彼女をベッドに横たえた。「寝たほうがいい」

だが、フローラはおとなしく眠る気はなかった。身を起こしてドアに向かう彼を呼び止めた。「待って、ヴィト」

彼が足を止めて振り向くと、フローラは肩の上の留め具を外した。ドレスの身頃が腰まで落ち、胸があらわになる。

ヴィトはその場で固まった。「フローラ、僕を誘惑しているのか？」

「そうよ。私はあなたが欲しいの。うまくいきそうかしら？」

彼の顎の筋肉が脈打った。「ああ」

ヴィトは悪態をついてあっという間に裸になり、フローラともどもベッドに倒れこんだ。

「きみは魔女だ。だが、避妊具は必要だ」

フローラはそのことを忘れていた。それほどまでヴィトが欲しかったのか、それとも、無意識のうちに危険を冒す覚悟をしていたのか、彼女にはわからなかった。

避妊具を装着して戻ってくるなり、ヴィトはいっきにフローラを貫き、彼女の息と正気を奪った。

ヴィトの激しさに、フローラのあえぎ声が室内に響いた。たちまち熱い嵐に包まれ、二人は同時に絶頂を迎えた。体を震わせている彼を放したくなくて、フローラは彼の首に腕をまわし、胸のふくらみを彼の固い胸に押しつけた。

彼が動くそぶりを見せるやいなや、フローラは言った。「待って、動かないで」本能に促され、この記憶を脳裏に焼きつけておきたいと思ったからだ。

そして次の瞬間、彼女は胸の奥から強い思いが湧き上がった。それをどうしても彼に伝えたかった。

「愛しているわ、ヴィト」

12

長い沈黙が続き、それからヴィトはフローラから手を離してすばやくベッドを出て、バスルームに向かった。

フローラは一瞬、今の言葉が本当に口に出されたものでないことを祈った。けれど、彼女はすでに寒気を感じ、背筋がぞくぞくしていた。もうすっかり酔いはさめていた。

ヴィトがタオルを腰に巻いて戻ってきた。まったくの無表情で。

やはり私はあの言葉を口にしてしまったのだ、とフローラは悟った。上体にシーツを巻きつけて起き上がる。「ヴィト――」

彼は手を上げて制した。「さっき、なんと言ったんだ？」

フローラは唇を噛《か》んだ。シャンパンのせいにすることもできたが、心が抵抗していた。「愛しているって言ったの」

「なぜだ？」

「なぜ愛しているのか、言ってほしいの？」それを言葉にするかと思うと、フローラは怖くなった。

彼はいらだたしげに髪をかきむしった。「いや、違う……なぜ愛せるのかということだ」

「あなたを好きになったから……。そんなつもりはなかったのに、いつの間にか……」

「最初に言ったはずだ、僕たちの関係に感情は介在しないと」彼は責めるような口調で言った。「永続的な約束はできないと」

「ええ、そのとおりよ」フローラは惨めな気持ちで返した。愛の告白に彼が応えてくれるかもしれないという一縷《いちる》の望みはついえた。

「これは何かのゲームか？　きみは遺産を取り戻し、さらにもっと多くを手にできるかどうか試しているのか？」

フローラは凍りついた。今にも胸が張り裂けそうだ。「ローブを持ってきてくれる？」シーツの下が生まれたままの姿では、あまりに無防備な気がして、この会話を続けることはできなかった。

彼がローブを手にしてバスルームから戻ってくると、フローラはそれを受け取って羽織った。そしてベッドを出て立ち上がり、ベルトをしっかり締めた。

「あなたが相変わらず冷笑的なことは驚くには値しないけれど、私が遺産を受け取ると思うなんてお笑いぐさだわ。あれは汚れたお金なのに」

「違う、あれはきみの金だ。受け取るべきだ。たとえ慈善団体に寄付するにしても」

フローラはすかさず嚙みついた。「さっきは私をお金の亡者みたいに当てこすったくせに、今度は高潔な慈善家のように見なすのね。どっちなの、ヴィト？　私は本当は誰なの？」

ヴィトは彼女を見つめた。「その言葉がすべてだ。わからないとしか言いようがない」

フローラは、はらわたが煮えくり返るような思いで彼を見返した。彼の肩をつかんで揺さぶり、怒鳴りたかった。あなたは私のことを知っていると。

でも、とフローラは思った。ヴィトに信用されていないのが明らかな以上、何を言っても無駄だ。けれど彼を責めることはできない。私はガヴィア一族の女なのだから。

それでも、きかずにはいられなかった。「私があなたを愛していることに、あなたはなんの意味も見いだせないの？」

彼はかぶりを振り、硬い声で言った。「すまない」

もはやフローラは逃げ出すしかなかった。どこかへ行って傷を舐《な》め、自分がまだ生きている理由を考える時間が必要だった。彼女はあとずさりした。ベンジーの様子を見てこなくては。「ベンジーのことが気になるから、私の部屋に戻るわ。続きは明日にしましょう」

「じゃあ、明日の朝に」

ほんの数分前まで、二人は体を絡ませ合っていたのに、今となっては夢想としか思えなかった。フローラは彼に背中を向け、やっとの思いで彼の寝室を出た。そして自室に戻り、ベンジーの世話を焼いたあと、ベッドに潜りこんだ。

ヴィトは窓辺に立ち、空が白み始めるのを眺めていた。彼は安堵感《あんどかん》が胸に広がるのを待った。恋人との関係が終わると、いつもは安堵感に満たされる。なのに、今日は違った。何時間待っても、それはいっこうにやってこなかった。

彼の頭の中では、壊れたレコードのように、フローラの言葉が繰り返されていた。

〝愛している〟

フローラは僕を愛していない、とヴィトは確信していた。なぜなら、彼女はこう言っていたからだ。

〝あなたに心まで預けるほど私は愚かじゃない。あなたに心を託すなんて、この世でいちばんの愚行よ〟

その言葉を正確に覚えているという事実は、ヴィトが今考えたいことではなかった。

フローラはなぜか僕を信頼して心を捧《ささ》げるようになったらしいが、信じがたい。だが、もしかしたら彼女は僕の中に何かを認めたのかもしれない、愛するに値する何かを。だが、その考えをヴィトは即座に否定した。なぜなら、両親が亡くなったとき、彼は〝愛するに値する〟ものすべてを失ったからだ。

しかし、愛を告白されたとき、ヴィトはまだ我が身をフローラの中に深く沈めていた。そして、その瞬間は、拒絶反応は生じず、むしろ温かな気持ちになった。そのあとショックを受けたのは、不意を突かれたからに違いない。続いて二つの相反する衝動に襲われた。彼女をいつまでも手元にとどめたいという衝動と、今すぐに逃げなければならないという切迫した衝動に。

一瞬の葛藤のあと、ヴィトは逃げた。フローラと距離をおくために。そうすれば、自分の心は守れる、傷つかずにすむという安心感に浸れる。両親が亡くなったときの喪失感と悲しみを二度と味わわずにすむのだ。

翌朝、フローラはシャワーを浴び、色あせたジーンズとシャツに着替えた。髪は後ろで三つ編みにまとめた。

心が麻痺《まひ》していたが、自業自得だった。愛を打ち明けたことで、自ら別れを早めてしまったのだ。けれど、そのほうがよかったのかもしれない。フローラはヴィトなしに自分の人生を歩く必要があった。

彼女はまずキッチンに行き、ベンジーの世話をし、餌を与えた。足音が聞こえたのでどきどきしながら顔を上げると、ソフィアだった。ヴィトはダイニングルームで朝食をとっていると告げに来たのだ。

フローラは昨夜のことを思い出して謝った。「ごめんなさい、キッチンを勝手に使ったうえ、後片づけもしないで……」

「いいえ」ソフィアはにっこり笑った。「キッチンが使われるのはうれしいわ」

フローラは気が重かったが、しかたなくダイニングルームに向かった。

ヴィトはコーヒーを飲みながら、タブレットで何か読んでいた。顔を上げた彼は心なしかやつれているように見えた。彼女は無理に明るい笑顔をつくり、席についた。「おはよう」

「おはよう。コーヒー？」

フローラはうなずき、彼が差し出したポットを受け取って、かぐわしいコーヒーを自分のカップについだ。ささやかな幸せだ。彼女は一口飲んだ。

ソフィアが新鮮なフルーツとペストリーを持ってきた。フローラは彼女にほほ笑みかけた。

ソフィアが去ると、ヴィトが咳払《せきばら》いをしたので、フローラは、グラノーラとフルーツとヨーグルトを並べるのが人生で最も重要なことになったふりをした。

「フローラ……」

演技が無駄になり、彼女は内心で悪態をつきながら顔を上げた。そして、彼の顔に同情の色が浮かんでいるのを認め、胸の内で毒づいた。ああ、最悪。

彼が続けた。「昨夜の続きだが――」

フローラはさっと手を上げた。「必要なことはすべて話したわ。今日、ここを出ます」

「その必要はない」

このまま宙ぶらりんの状態でヴィトと暮らすなんて、ぞっとする。「ありがとう。でも結構よ」

「いや、本当にいいんだ。僕は今日、ニューヨークに飛び、それからロンドンに行く。戻ってくるのは十日後くらいになるから」

グラノーラとフルーツとヨーグルトを頬張っていたフローラは危うくむせそうになった。

ヴィトは続けた。「その間に考えを整理できる」

「ええ、そうするわ。ありがとう」

「弁護士に連絡してくれるか？」

フローラは思わず彼を見つめた。「つまり、もっと深刻な話になるということかしら？」

彼は顔を紅潮させた。「すまない。きみはこんな目に遭うべきじゃなかった」

その謝罪はさほどフローラの気持ちを和らげなか

った。「でも、まだ完全には私を信頼していないのよね？」

「僕が完全に信頼できるのは自分だけだ。僕は一匹《いっぴき》狼《おおかみ》なんだ、フローラ」

この期に及んでも、フローラは胸を締めつけられた。この男性は与えられるものをたくさん持っている。いつかはそれらを与えるだろう。でも、その相手は私ではない。「ヴィト、あなたはほかの何ものにも縛られないで生きているのに、自分で勝手に決めつけた〝一匹狼〟というイメージに縛られている。驚きだわ。どうしてなの？」

フローラは彼の返事を待ったが、そのときヴィトの携帯電話が鳴った。彼女が画面をちらりと見ると、〝マッシモ・ブラック〟と表示されていた。

ヴィトは電話に出て言った。「申し訳ありませんが、数分後にこちらから折り返します」

彼が通話を切ると、フローラはぽつりと言った。

「あなた方の話を聞いてしまったの」

ヴィトは顔をしかめた。「何を聞いたんだ？」

「ロンドンでのブラックとの会話よ。アートギャラリーでのイベントの夜。もし私たちが一緒にいなかったら、彼はあなたとの取り引きに同意しなかっただろうと言ったのを聞いたの。そしてあなたは、私たちの関係は一時的なものだと彼に言わなかった」

ヴィトはまた顔を赤くした。「つまり、僕が彼を欺いたと？」

「いいえ。だって、私たちはつき合っていたのだから。契約が成立するまで、私たちは一緒にいるとあなたが考えるのは当然よ。それに、私たちが一緒にいるところを目撃させて自分の評判を回復させるつもりだったことを、あなたは隠していなかった」

ヴィトは立ち上がり、窓辺へと歩いていった。

「だから、ヴィト、あなたは彼を欺いてはいない」

フローラの言葉に、彼は振り向いた。

「もしあなたが望むなら、一緒にロンドンに行ってもいいのよ」

しかし、ヴィトは首を横に振った。「いや、そんなことは頼まない。ブラックがあくまで彼自身の利益を考えて僕と組むのでないなら、パートナーシップは終わらせたほうがいい。そもそも、僕ときみはずっと一緒にいられるわけではないのだから」

彼の最後の言葉は短剣となってフローラの胸を突き刺した。彼女は立ち上がった。「ヴィト、ゆうべ私が言ったことは——」

「説明する必要はない」

「わかってるわ。でも、どうしても言わせて」フローラは決然として言った。「ゆうべ言ったことは本心よ、ヴィト。私はあなたを愛している。骨の髄まで、そして内面も外面も愛している。あなたはいい人よ。一匹狼でいるより、もっと多くのものを得る価値がある人なの。そして、いつかその価値を誰かと一緒に見つけることができるはず。あなたはすばらしい父親になる。愛していると言ったのは、見返りを求めてのことではないの。純粋な愛よ」

長い沈黙のあと、ヴィトは言った。「きみの賛辞には感謝するよ、フローラ。だが僕は……」彼はかぶりを振った。「きみに愛を返せないんだ」

「その必要はないわ。あなたは私に何かを約束したことはない。あなたから何かを引き出すために愛を打ち明けたと思われたくないだけ」彼女は唇を噛みしめた。「亡くなった家族を除けば、あなたは本当の私を見てくれた唯一の人だと信じていた。でも、幻想にすぎないとわかってよかったわ。だって、本当の私を見てくれ、私を信頼してくれる人を見つける楽しみができたから。さようなら、ヴィト」

フローラは気持ちが挫《くじ》ける前に、そそくさと部屋を出た。きっと乗り越えられると信じて。

13

一週間後、ロンドン

「きみは誰かに深刻な危害を加えようとしているように見える。私の知っている誰かに」

ヴィトはマッシモ・ブラックを見やり、彼が差し出す濃い金色の液体が入ったクリスタルのタンブラーを受け取った。ローマを離れて以来、フローラのことが頭から離れず、彼女の言葉が頭の中に居座っていた。嘲笑するかのように。

〝あなたを愛している……あなたはいい人よ……あなたはすばらしい父親になる……本当の私を見てくれ、私を信頼してくれる人を見つける……〟

切れがれに浮かぶフローラの言葉を、ヴィトは頭の中から締め出し、向かいに座るブラックに言った。「あなたが知っておくべきことがあります」

ブラックは眉をひそめた。「もうフローラとは恋人関係にはないということか？」

ヴィトはみぞおちに一撃を食らったような衝撃を受けた。「なぜ知っているんです？」

ブラックはウイスキーを一口飲んだ。「キャリーに電話があったんだ、フローラから」

立ち上がってそばにやってきたブラックに、ヴィトは丁寧な口調で尋ねた。「彼女はあなたに何を言ったのですか？」本当にききたかったのは、彼女が元気なのかどうか、どこにいると言っていたか、ということだった。

フローラがローマのペントハウスを出ていったことは、ソフィアから聞いていた。まさか、またホームレスに？　それとも……。

「彼女は、きみと別れたことが私たちのビジネスに影響しないよう望んでいる。きみと取り引きをしないのは愚かだとも」

ヴィトは胸が熱くなった。それを気取られないようそっけなく言う。「それで?」

ブラックはヴィトをじっと見つめた。「もしメディアがきみの仕事より恋愛を取り沙汰するなら、投資を続ける気にはなれない。私は何よりも慎重でありたいんだ」

ヴィトの喉に苦い塊がこみ上げた。「僕の女性関係について危惧する必要はありません」彼はウイスキーをぐいとあおり、苦い塊をのみ下した。そして、取り引きを失う覚悟で言葉を継いだ。「ただ、フローラと別れたことは紛れもない事実です。それでも僕とビジネスを続けたいと思うか、あるいは打ち切るかは、あなたの判断にお任せます」

ブラックはまたもヴィトを凝視した。「妙なことを言うようだが、フローラには数回会っただけなのに、私は彼女のきみに対する評価を信頼している。だが、今後は悪評は許さない。いいかな?」

「わかりました」ヴィトは、本来なら大いに喜ぶべきなのに、暗い気持ちで答えた。彼が考えていたのは、赤の他人にすぎないマッシモ・ブラックが、自分以上にフローラを信頼しているという事実だった。

数日後、ローマに戻ったヴィトは、この街に戻ればもっと落ち着くだろうと期待していた。だが、ペントハウスはつい最近までフローラと親密に過ごした場所で、どこを見ても、どこを歩いても、彼女の香り、ほほ笑み、情熱を思い出して、心を乱された。

なんて空虚なのだろう。ヴィトはネクタイと上着を脱ぎながら眉をひそめた。フローラのことで頭がいっぱいだった。そして彼女に夢中だった。彼は認めざるをえなかった。

そのとき、応接室のメインテーブルの上に箱が置かれているのを見つけた。小さな黒い箱にメモが添えられている。ヴィトはそれを手に取った。

〈ヴィト、これを持ち帰ることはできません。お礼に受け取ってください。あなたの人生に幸せが訪れるよう願っています。フローラ&ベンジー〉

ヴィトは箱を開けたが、それが何かはすでに知っていた。あの鷲《わし》――カフスボタンだ。彼は突然、鷲になって舞い上がり、下界を見下ろしているような錯覚にとらわれた。今ここから見る景色は、なんと寒々しいか。

〝あなたの人生に幸せが訪れるよう願っています〟

フローラと出会っていなければ、ビジネスの成功がその〝幸せ〟だと信じていただろう。だが、この一週間、両親を亡くして以来久しぶりに感じていた幸せは、フローラがそばにいたからだ。ヴィトは今、自分が何を望み、何を必要としているのか悟った。

「すばらしいわ。フローラ、あなたは天才よ」

「ありがとう、マリア。でも正直な話、私にはこの仕事をする資格はない。ほかの人を……」

フローラが言葉を切ったのは、女性支援センターの新しいオフィスのドア口に男性が現れたからだ。

ヴィト……。とたんに心臓がどきどきした。この数週間、彼女は背の高い黒髪の男性を見るたび、彼かと思って胸を弾ませたが、いつも裏切られた。

マリアがフローラの顔をちらりと見た。もちろん、彼が誰かマリアは知っていた。センターの飛び抜けて有力な後援者であるヴィトはヒーローだった。

マリアが彼に近づき、明らかに感情を込めた声で言った。「シニョール・ヴィターレ、本当にありがとう。あなたのお金が、安全な場所を必要とする女性や子供たちのためにどれほど役立っているか。まったく感謝のしようがありません」

ヴィトはマリアと握手をし、小さな声で何か言ったあと、フローラを見て続けた。「感謝なら、彼女に言ってください」

マリアは半笑いを浮かべた。「私が何を言おうと、フローラはここに来て私たちのために無償で働きたいと言い張るんです」

フローラは胸がちくりと痛んだ。マリアはまだ相続財産のことを知らないし、フローラは弁護士に会ったにもかかわらず、自分の小さな家を借りるのに必要なお金しか持っていかなかった。もちろん、支援センターには多額の寄付をするつもりでいた。莫《ばく》大《だい》な相続財産が銀行口座に振りこまれ次第。「当たり前でしょう。助けるのは喜びだし、むしろ助けてもらっているのは私のほうよ」

「シニョール・ヴィターレ、ご用件は？」マリアが尋ねた。

そのとき初めて、フローラはヴィトと目を合わせた。まるで彼にテレパシーで命じられたように。彼はいつもと違って見えた。なんとなく元気がない。しかも、色あせたジーンズに、足元はブーツ。薄手のボンバージャケットの下はTシャツだ。さらに驚いたことに、オートバイ用のピンクのヘルメットを小脇に抱えている。

「フローラ、少し時間をもらえるか？」

彼のいでたちにすっかり面食らい、彼女は思わず答えていた。「ええ」

マリアに断ってから、フローラは薄手のジャケットを手に取り、羽織りながらヴィトを追いかけて階段を下りた。通りに出ると、オートバイが止められていて、その傍らに彼が立っていた。

「ヴィト、どうしたの？」彼女はオートバイを指差して尋ねた。「あなたの？」

「買ったんだ。一度も乗ったことはないが」

フローラは彼にピンクのヘルメットを手渡され、

さっそくかぶった。これは幻覚かしら？

ヴィトがオートバイにまたがり、彼女に言った。

「さあ、おいで」

フローラが近づいていくと、ヴィトは手を伸ばし、彼女の顎の下のストラップを締めた。彼の指が肌をかすめたとたん、火花が散った気がした。

「ヴィト、いったい何をするつもり？」

「ただ話がしたいだけだ。いいかな？」

言葉が出てこなかった。彼が何を話したいのか読めず、フローラは不安に駆られた。

「ベンジーはどうした？」

フローラは、彼が犬のことを気にかけてくれたことに感動しながら答えた。「二階のベッドよ。さっき散歩をたくさんしたから、もう寝ているかも。マリアが見てくれているわ」

「そうか。よし、乗ってくれ」

ヴィトが差し出した手を取り、フローラは彼の後ろに乗りこんだ。

彼はヘルメットをかぶり、肩越しに言った。「僕の腰に腕をまわして」

フローラが従うと、オートバイはパワフルな音をたてて交通量の多いローマの道路を走りだした。

街は午後の黄金色の陽光に包まれていた。フローラはヴィトが何を話したいのか考えるのをやめた。彼の体の感触と爽快な走りを楽しむことに専念した。

どこに向かっているのかフローラが気づいたのは、オートバイがジャニコロの丘をのぼり始めたときだった。丘の上には大きな駐車場と壁があり、人々はそこに立って写真を撮ったり、景色を眺めたりしていた。

ヴィトがオートバイを止めて降り、フローラが降りるのを手伝った。それから彼女の手を取り、壁際の静かな場所へといざなった。

「両親が死んですべてを失ったあと、よくここに来たんだ。家も失い、安ホテルに住んでいた」

フローラはうなだれた。だが、ヴィトは彼女を見ていなかった。

「あの日、僕のオフィスを飛び出したあと、きみがどんなに恐ろしい思いをしたか、僕にはわかる」

「あなたもホームレスに？」

「しばらくの間はね。だけど、必死に働いてなんとかやっていけるだけの金を稼ぎ、ホステルをねぐらにした。そこから僕の新たな物語が始まったんだ」

一から出直すために彼がどれだけ苦労したか、フローラは思いを馳《は》せた。

「当時、よくここに来て街を眺めながら、きみの伯父がどこかでワインを飲んだり食事をしたりしているところを想像したよ。贅沢《ぜいたく》な暮らしぶりを」ヴィトはちらりとフローラを見た。「その頃は、まさかきみの遺産に手をつけているとは知らなかった」

彼はまた景色に目を向けた。

「だが今、この景色を見ている僕の心をかき乱すのはほかの誰かだ」

フローラの心臓が跳ねた。「それは誰？」

ヴィトは彼女を見つめた。「もちろん、きみだ。どこにいるのか、誰といるのか。幸せなのかどうか。相続した金を自分のために使わずに人に恵んでいるのではないか。そんなふうに思うのは、本当のきみを知っているからだ。きみは純粋で、善良で、誠実で優しい。つらい目に遭ったにもかかわらず」

フローラは恥ずかしげにかぶりを振った。「あなたは私を聖人のように言っているけれど、違うわ」

ヴィトは指で彼女の頬に触れた。「僕から見たら、きみは聖人だ。僕は怒りと悲しみに人生を支配され、善意をどこかに置き忘れてしまった。成功や復讐《ふくしゅう》を目指すあまり、希望や夢が見えなくなった」

フローラが何も言えずにいると、彼は続けた。

「だが、きみのおかげで、僕は自分の人生がいかに貧弱だったか、自分の未来がいかに空虚か、気づいたんだ。フローラ、僕は今、本当の未来が欲しい。物質面での利益や成功を超えた、幸せと充足感に満ちた未来が」

フローラは頭がくらくらし、彼の言葉を繰り返すしかなかった。「本当の未来が欲しいのね？」

「ああ。しかし、それは一人の女性なしにはつかめない。きみだ、フローラ。きみがそばにいてくれなければ、本当の未来をつかめない。僕がきみを突き放したのは、きみが僕の弱さを引き出すからだ」

彼女は首を横に振った。「あなたは私が今まで会った中で最も強く、勇敢な人よ」

ヴィトは彼女の頬に手を当てた。「いや、勇敢なのはきみだ、フローラ。きみが僕を愛していると言ったとき、僕はきみを突き放した。きみへの愛を認めることは、悲しみや痛みや喪失感や復讐心といった、長年抱いてきたすべてを否定することになるとわかっていたからだ」

「何を言いたいの、ヴィト？」

にわかに緊張したらしく、彼が浮かべた笑みはぎこちなかった。「愛しているよ、フローラ。僕は惨めな二週間を過ごした。もう降伏するしかない。だが、幸せな降伏だ。身も心も魂もきみに捧《ささ》げる」

フローラはヴィトを見上げた。しかし、返答に時間がかかり、彼の表情がこわばるのがわかった。そのため、彼が自信を失う前に急いで言った。

「あなたを愛しているわ、ヴィト。私にはあなたしかいない。前にも言ったように、あなたの骨の髄まで愛しているし、これからもずっと愛し続ける」

ヴィトの顔から見る見る緊張が消えていき、口元がほころんだ。「よかった。一瞬、手遅れかもしれないと思った」

フローラは首を横に振り、爪先立って彼にキスをした。すると、周囲にいた観光客から歓声があがった。フローラは火照った顔を彼の首元にうずめた。

そのあと、二人はヴィトのペントハウスに場所を移し、たっぷりと愛し合った。

これまでで最高の絶頂を共に迎えたあと、フローラが彼の胸にキスをすると、ヴィトは片肘をついて彼女を見下ろした。彼女が浮かべたこの上なく幸せそうな笑みに、彼の胸は高鳴った。

「ところで、もう一つ話したいことがあったんだ」

彼女の笑みはさらに大きくなった。「どんな話でも歓迎するわ」

ヴィトは横になってにやりと笑った。「簡単だったよ」

フローラは身を乗り出し、ふざけて彼の胸をたたいた。「何が？」

ヴィトは起き上がり、ベッドサイドのテーブルの引き出しから小さな黒い箱を取り出した。そして緊張した面持ちで立ち上がった。

フローラもシーツを引き剥がして立ち上がった。

そして黒い箱を見た。「ヴィト？」

ヴィトが蓋を開けると、フローラは息をのみ、彼を見つめた。「あなた、これは……」

彼はうなずいた。「僕は残りの人生をきみと歩みたい。フローラ、僕と結婚してくれますか？」

ヴィトはアールデコ調のイエローダイヤの指輪をつまみ、彼女の手を取った。その手は震えていた。

「フローラ？」

彼女は目に涙を浮かべてうなずいた。「ええ、ヴィト、あなたと結婚します」

彼が指輪を彼女の指にはめると、フローラは彼の首に腕をまわして抱きついた。ヴィトはベッドに仰向けに倒れ、彼女の豊満な体の下でうれしそうにもがいた。そして、身を起こしキスを交わしたあとで、思い出したように言った。「もう一つだけ」

「ええ、なんなりと」

「いつか、きみがグラフィックデザインの課程を修了したら……」

「えっ、受講させてくれるの？」

「もちろん。だが、話はこれからだ」ヴィトは彼女の喜びように満足しながら言葉を継いだ。「きみは家族が欲しいと言っていたね？」

フローラは固まった。「でも、あなたは欲しくないって……」

ヴィトは彼女の髪を肩にかけた。「それは昔の話だ。今は、母親の金褐色の瞳と野性味あふれる長い髪を持つ小さな女の子を持つのも、それほど悪くないと思っている」

ヴィトはフローラの心臓が跳ねるのを感じた。

「父親の黒い髪と黒い瞳、そして強靱《きょうじん》な精神を持った小さな男の子でもいいわ」

ヴィトは彼女にキスをした。「あるいは、母親の巻き毛と金褐色の瞳を持つ少年と、父親の黒い髪と瞳を持つ少女かもしれない」

ヴィトは彼女にキスをし、塩からい涙を味わったあと、体勢を入れ替えて、フローラの中に我が身を沈めた。

一カ月後、ローマ

ヴィトは教会の祭壇の上で花嫁を待っていた。フローラから贈られたカフスボタンを緊張した面持ちでいじりながら。

フローラは遅れていた。会衆がざわつき始めている。彼らが何を話しているかは明らかだ。

彼女は仕返しをするつもりだろうか？

ネクタイがきつく感じられ、ヴィトはそれを緩めたい衝動に駆られた。実のところ、この瞬間ほど自分がさらけ出されていると感じたことはなかった。

フローラが約束どおり自分のもとに来てくれるかどうか、気が気でなかった。

彼女はおまえとは違う。彼女はいい人だ。

心の声に、ヴィトはほほ笑んだ。そして、ふいに会衆が静まり返り、張りつめていた空気が緩んだ。

フローラは来た。約束どおり。彼女は僕を愛しているのだ。音楽が始まり、彼は思わず振り向いた。

その瞬間、心臓が止まった。

フローラは入口に額縁の絵のように立っていた。シンプルな白いドレスで、オフショルダー、二の腕には小さなキャップスリーブがついている。レースのボディスには花が刺繍《ししゅう》され、その真ん中には小さなパールがあしらわれていた。柔らかなチュールのひだが床に落ちる。シンプルで、気まぐれで、ロマンティックで、フローラらしいドレスだった。

髪は下ろされ、頭頂部に白い花輪がのせられているだけだった。ジュエリーは、婚約指輪とヴィトが贈ったゴールドのネックレスだけだった。右手には白い野の花のシンプルなブーケ、左手にはリードを持っている。ベンジーは白い蝶《ちょう》結《むす》びの首輪をつけ、花嫁の足元で躍っていた。

誰よりも勇敢なフローラが一人でバージンロードを歩き始めるのを、彼は誇らしげに見守った。

彼女が半分まで来たところで、ヴィトは我慢できなくなり、彼女を迎えに行った。彼女の前まで来ると自然と顔がほころび、彼女も顔を上げてにっこりした。「ちょっと怖かったでしょう?」

ヴィトは短く笑い、司祭の咳払《せきばら》いを無視して、フローラの顔を両手で包み、キスをした。「きみは毎日、その善良さと深い愛で僕を怖がらせている」

彼女はウィンクをした。「それっていいことよ。誰かがあなたを緊張させなければ」

そのあと、二人は手をつないで、愛犬と一緒に祭壇までの道のりを歩き、生涯の愛を誓った。

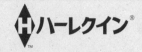

祭壇に捨てられた花嫁
2024年12月5日発行

著　　者	アビー・グリーン
訳　　者	柚野木　菫（ゆのき　すみれ）
発 行 人	鈴木幸辰
発 行 所	株式会社ハーパーコリンズ・ジャパン 東京都千代田区大手町 1-5-1 電話 04-2951-2000（注文） 0570-008091（読者サービス係）
印刷・製本	大日本印刷株式会社 東京都新宿区市谷加賀町 1-1-1

ISBN978-4-596-71677-4 C0297

◆◆◆◆ハーレクイン・シリーズ 12月5日刊 発売中

ハーレクイン・ロマンス
愛の激しさを知る

祭壇に捨てられた花嫁	アビー・グリーン／柚野木 菫 訳	R-3925
子を抱く灰かぶりは日陰の妻 《純潔のシンデレラ》	ケイトリン・クルーズ／児玉みずうみ 訳	R-3926
ギリシアの聖夜 《伝説の名作選》	ルーシー・モンロー／仙波有理 訳	R-3927
ドクターとわたし 《伝説の名作選》	ベティ・ニールズ／原 淳子 訳	R-3928

ハーレクイン・イマージュ
ピュアな思いに満たされる

秘められた小さな命	サラ・オーウィグ／西江璃子 訳	I-2829
罪な再会 《至福の名作選》	マーガレット・ウェイ／澁沢亜裕美 訳	I-2830

ハーレクイン・マスターピース
世界に愛された作家たち
～永久不滅の銘作コレクション～

刻まれた記憶 《特選ペニー・ジョーダン》	ペニー・ジョーダン／古澤 紅 訳	MP-107

ハーレクイン・ヒストリカル・スペシャル
華やかなりし時代へ誘う

侯爵家の家庭教師は秘密の母	ジャニス・プレストン／高山 恵 訳	PHS-340
さらわれた手違いの花嫁	ヘレン・ディクソン／名高くらら 訳	PHS-341

ハーレクイン・プレゼンツ作家シリーズ別冊
魅惑のテーマが光る
極上セレクション

残された日々	アン・ハンプソン／田村たつ子 訳	PB-398

※予告なく発売日・刊行タイトルが変更になる場合がございます。ご了承ください。

12月11日発売

ハーレクイン・シリーズ 12月20日刊

ハーレクイン・ロマンス
愛の激しさを知る

極上上司と秘密の恋人契約	キャシー・ウィリアムズ／飯塚あい 訳	R-3929
富豪の無慈悲な結婚条件 《純潔のシンデレラ》	マヤ・ブレイク／森　未朝 訳	R-3930
雨に濡れた天使 《伝説の名作選》	ジュリア・ジェイムズ／茅野久枝 訳	R-3931
アラビアンナイトの誘惑 《伝説の名作選》	アニー・ウエスト／槙　由子 訳	R-3932

ハーレクイン・イマージュ
ピュアな思いに満たされる

クリスマスの最後の願いごと	ティナ・ベケット／神鳥奈穂子 訳	I-2831
王子と孤独なシンデレラ 《至福の名作選》	クリスティン・リマー／宮崎亜美 訳	I-2832

ハーレクイン・マスターピース
世界に愛された作家たち
～永久不滅の銘作コレクション～

冬は恋の使者 《ベティ・ニールズ・コレクション》	ベティ・ニールズ／麦田あかり 訳	MP-108

ハーレクイン・プレゼンツ作家シリーズ別冊
魅惑のテーマが光る
極上セレクション

愛に怯えて	ヘレン・ビアンチン／高杉啓子 訳	PB-399

ハーレクイン・スペシャル・アンソロジー
小さな愛のドラマを花束にして…

雪の花のシンデレラ 《スター作家傑作選》	ノーラ・ロバーツ 他／中川礼子 他 訳	HPA-65

文庫サイズ作品のご案内

◆ハーレクイン文庫・・・・・・・・・・・・・毎月1日刊行
◆ハーレクインSP文庫・・・・・・・・・・・毎月15日刊行
◆mirabooks・・・・・・・・・・・・・・・毎月15日刊行

※文庫コーナーでお求めください。